Les CHEVALIERS DU TEMPS

Éditions Play Bac
14 bis, rue des Minimes, 75003 Paris.
www.playbac.fr

S. GRIMLER • H. DUCHATEAU • C. ROGER
Illustrations : Krystel

Les CHEVALIERS DU TEMPS

TOME 1

LES MYSTÈRES DE LA PYRAMIDE

playBac

Les personnages

Axel
Le charmeur

Emma
L'impulsive

Bolt
Le bouledogue d'Emma

Medhi
L'arrogant

Rottwang
Le principal
du collège

Mamet
Le professeur
d'histoire-géo
du collège

Prélude

Mehdi

Place des Fêtes. Tour B, appartement 454, Paris 19e arrondissement. À la table du petit déjeuner, Mehdi faisait face à sa sœur Lila, de deux ans son aînée. L'entente fraternelle ? Non merci, sans façon.

Pour Lila, Mehdi était un gamin immature de cinquième, une encyclopédie sur pattes du genre très très ennuyeux. Pour Mehdi, Lila était une grande bécasse de troisième, superficielle et obnubilée par son apparence.

Tapissée de maquillage violet, un palmier sur la tête surplombant un top *I love L.A.*, Lila contemplait son frère d'un air boudeur ; pour être plus précis, elle contemplait le sommet de son crâne. Comme à son habitude, le visage de Mehdi disparaissait presque entièrement derrière un livre volumineux.

Mehdi avait hérité de ses origines kabyles un teint mat et des yeux bleu clair. Mais son entourage profitait rarement de ce physique avantageux.

Sur la couverture de l'ouvrage, Lila pouvait lire : *L'Embaumement au temps des Égyptiens.* Mâchouillant sa tartine de Nutella qu'elle tenait mollement à la main, Lila demanda :

– C'est quoi l'embaumement ?

– T'occupe. Ça concerne ni la mode ni les vampires. Ça t'intéressera pas, dit Medhi.

Piquée au vif, Lila répliqua :

– Mais tu me prends pour une débile ou quoi, vas-y, c'est quoi ?

Mehdi déroula avec son ton professoral habituel :

– Les Égyptiens embaumaient leurs morts pour conserver leurs corps. D'abord, à l'aide d'un crochet de fer, ils retiraient le cerveau par les narines ; puis avec une lame ils faisaient une incision dans le ventre, enlevaient les viscères. Ensuite…

Lila lui coupa la parole :

– Mais t'es vraiment malade, toi, ça va pas de me parler d'un truc dégueu comme ça au petit déjeuner ?! Ça y est, t'es content, tu m'as coupé l'appétit !

Et elle envoya valser sa tartine au beau milieu de la table.

– Qu'est-ce que vous avez encore à vous disputer tous les deux ?

Yasmine, la mère de Mehdi et de Lila, venait d'apparaître, les poings posés sur les hanches en signe d'énervement.

Mehdi protesta :

– Mais maman je…

– Ça suffit Mehdi, allez, ouste, cordon sanitaire tous les deux !

Cordon sanitaire, en langage Kaddour mère, voulait dire : chacun dans son coin. Comme pour une épidémie, on isolait les individus porteurs de la maladie.

Et elle renchérit :

– Ça fait trois jours que vous êtes infernaux ! Je ne vais pas me gêner pour faire un rapport à votre père quand il vous récupérera la semaine prochaine.

Mehdi et Lila baissèrent la tête simultanément. Ils savaient très bien qu'ils abusaient de la gentillesse de leur mère quand c'était sa semaine. Avec leur père, beaucoup plus sévère, ils faisaient moins les malins. Ah ! les joies de la garde alternée !

Mehdi, boudeur, se leva de table :

– De toute façon faut que j'y aille, je veux être en avance pour réviser mon contrôle d'histoire.

Laissant derrière lui les grandes tours de la place des Fêtes, Mehdi, emmitouflé dans sa parka, descendit la rue de Belleville et attrapa le bus, direction le collège. Avant de monter, un son strident lui parvint aux oreilles: *«Dirty Snakes, that's my name!»* Mehdi reconnut la touche toute personnelle d'Axel Verdier, un garçon de sa classe. On l'entendait brailler de la fenêtre de sa salle de bains, qui donnait sur la rue.

Quelle catastrophe ambulante celui-là! Dire qu'il se prend pour un dieu du chant. C'est pas de la musique son truc, c'est du bruit! Il ferait mieux de se concentrer sur ses cours au lieu de miser sur son talent… ça lui aurait peut-être évité de redoubler. Franchement, en cinquième, ça fait tache non?

Axel

« Dirtyyyyyy Snakes, that's my name ! » Axel se déhanchait comme un fou face à la glace de sa salle de bains tandis qu'il se lavait les dents. Dans le miroir moucheté de postillons de dentifrice se reflétait sa jolie frimousse. Des cheveux noirs mi-longs encadraient dans le désordre son visage mat aux joues rebondies. Deux beaux yeux noirs en amande révélaient ses origines vietnamiennes. Axel avait été adopté à l'âge de six mois par le couple Verdier.

Il s'égosillait sur la dernière composition de son groupe, les Dirty Snakes, traduction littérale « Les Serpents sales ». En français, forcément, ça sonne moins bien, mais en vrai c'était le meilleur groupe de rock de tous les temps. « Axeeeel ! dépêche-toi ! Et arrête de hurler ! Tu vas réveiller tout l'immeuble ! » Sa mère, Jeanne Verdier, tambourinait à la porte. Son ventre arrondi de femme enceinte dépassait de son peignoir. Rhooo, elle ne pouvait jamais le laisser tranquille ! Est-ce que Mick Jagger, le chanteur des Rolling Stones, serait devenu une rock star interplanétaire si sa mère l'avait harcelé comme ça ?! Les artistes sont décidément de grands incompris…

Après un dernier coup d'œil à la glace, Axel décida de toute façon qu'il était fin prêt, et surtout assez beau gosse. Souriant de toutes ses dents, il leva ses deux pouces à l'adresse de son reflet et sortit de la salle de bains.

« Yo maman ! » s'exclama-t-il en collant un bisou sur la joue de sa mère. « Yo la crevette ! » dit-il à l'adresse du bébé à naître, en tapotant affectueusement le ventre de sa mère.

Selon les médecins, ses parents ne pouvaient pas avoir d'enfant. Mais le destin leur avait réservé une surprise.

Un dernier « Yo papa ! » pour son père qui nouait sa cravate dans le couloir, et il était parti. D'un geste habile, il envoya valser en l'air son skate qui traînait et l'attrapa au vol. Il ouvrit la porte d'entrée et s'élança au-dehors, juché sur sa planche. La journée pouvait commencer !

Pour gagner du temps, il s'agrippa à l'arrière d'un bus au mépris du danger. Il aperçut un garçon de sa classe, cet intello de Mehdi Kaddour, dont la tête dépassait à l'arrière du véhicule. Il le salua de la main. Mehdi haussa les épaules et replongea la tête dans le gros pavé qu'il était en train de feuilleter. Quel boulet quand même ce Mehdi Kaddour !

Quand il passa devant la villa cossue des Parson, dans le quartier coquet de La Mouzaïa, la chambre d'Emma était encore plongée dans le noir…

Emma

« Nous appelons sur le podium la médaille d'or de ce championnat international de gymnastique, Mlle Emma Parson ! » Applaudissements de la foule en délire. Kate Middleton, conviée pour l'événement, passe la médaille autour du cou de la jeune fille et... lui lèche la joue. Mais ?... Beurk !

Quand Emma ouvrit les yeux, elle aperçut Bolt, son bouledogue anglais, perché sur son ventre, qui lui lapait le visage et jappait furieusement pour la réveiller. Kate Middleton, la médaille d'or, c'était qu'un rêve ! La *loose* !

Elle s'étira en bâillant, ses cheveux blonds, coupés court à la garçonne, tout ébouriffés. Ses deux grands yeux verts d'ordinaire si malicieux étaient encore plein de sommeil. Son nez en trompette froncé d'indignation, elle repoussa Bolt d'un air excédé : « Bolt, tu... »

Un coup d'œil sur son réveille-matin lui coupa le sifflet. 7 h 50 ! Les cours commençaient à 8 heures ! Le principal, ce grand sadique de Rottwang, lui avait promis une colle si elle arrivait encore en retard ! Et ses parents, eux, lui avaient promis de la priver de cours de gymnastique si elle avait une nouvelle retenue : le genre de réaction en chaîne pas du tout du goût d'Emma.

Elle extirpa son corps élancé de la couette avec une souplesse de gymnaste. C'était son superpouvoir à elle : en dix secondes elle avait enfilé un jean et un sweat à capuche, et elle traversait en trombe la cuisine où ses parents prenaient leur petit déjeuner. Après un «Salut m'man, salut p'pa!», elle claqua la porte d'entrée avec fracas. L'appel d'air fit juste légèrement trembler le brushing parfait de sa mère, une tasse de thé à la main, immobile. *«Oh dear!»* soupira-t-elle avec sa retenue toute britannique en regardant son mari. Ce qui pourrait se traduire par «Mais qu'avons-nous fait au ciel pour engendrer un numéro pareil!?»

Chapitre 1

Le professeur Mamet en plein délire

Après un sprint, le visage en sueur, elle aperçut enfin les grilles du collège. Le principal Rottwang, gentiment baptisé « Le sanguinaire » par les élèves de l'établissement Paul Éluard, était posté juste derrière, prêt à les fermer. Sa silhouette longiligne, raide comme un piquet, se dessinait au loin. Une lueur de satisfaction animait son visage anguleux aux yeux sombres. Il regardait dans la direction d'Emma tandis que, d'un geste répétitif, il désignait sa montre de l'index. Emma regarda la sienne : Rhhhha ! 8 heures moins une minute. Il lui restait cent mètres à parcourir, elle n'y arriverait jamais !

Ce qui la faisait pester encore davantage, c'est que ce fayot de Mehdi Kaddour assistait à la scène depuis la cour de récréation, avec un plaisir non dissimulé. Prête à jeter l'éponge, elle se sentit soulevée de terre.

Mais ? Qu'est-ce que ? Elle jeta un regard en arrière et aperçut des cheveux au vent. Axel ! Ben toi, tu tombes à pic !

Axel Verdier, un garçon de sa classe, perché sur son skate, l'avait attrapée au passage et fonçait tel un bolide vers l'entrée du collège. Rottwang referma les grilles juste après eux, sans pouvoir dissimuler sa frustration :

– Vous l'avez échappé belle cette fois Parson, mais vous ne perdez rien pour attendre ! Allez ouste, en cours !!

Ouf ! Emma tapa sur l'épaule d'Axel :

– Tu m'as sauvé la vie !

Et s'adressant à Mehdi :

– Désolés, on t'a gâché la fin du film, les *happy ends* c'est pas ton truc on dirait ?

Mehdi leur tourna le dos en haussant les épaules :

– Vous croyez que j'ai pas autre chose à penser aujourd'hui ? Je vous rappelle qu'on a contrôle d'histoire.

Le visage d'Emma se décomposa :

– Quoi, y a contrôle ?! Oh non !!!

Décidément, ce n'était pas sa journée…

∞ ∞ ∞

On aurait pu entendre une mouche voler dans la salle de classe… Les élèves de la cinquième B finissaient leur contrôle d'histoire sous la surveillance de leur professeur,

M. Mamet. À travers la fenêtre, des flocons de neige tourbillonnaient dans le ciel d'hiver. Ce quinquagénaire – yeux rieurs, barbe poivre et sel – faisait les cent pas.

Tous les élèves appréciaient la gentillesse du professeur qui enseignait par vocation ; même ceux qui, comme Emma ou Axel, n'excellaient franchement pas dans sa matière. Son doux visage en disait long sur sa bienveillance. M. Mamet peinait à conserver son air sévère de circonstance à la vue de Mehdi Kaddour. Un drôle d'oiseau celui-là !

Langue pendante et main crispée sur le stylo, Mehdi donnait tout ! On aurait juré qu'il jouait sa vie sur ce devoir ! *La momification sous l'Égypte antique*. Le pied ! Mais hors de question de faire profiter les voisins de ses éclats de génie. Chasse gardée ! Mehdi barrait soigneusement l'accès à sa copie à l'aide de son bras replié.

Emma avait beau essayé de loucher dessus, peine perdue ! Quant à Axel, il avait renoncé depuis déjà longtemps. Les hiérochoses, les toutenmachins et autres pyramides à trucs, très peu pour lui. Il griffonnait donc sur un brouillon le texte d'une chanson, un truc très *love*. Il avait déjà le titre : « Pour les beaux yeux de… ? » Bon, il hésitait encore sur le prénom. Sarah ? Aya ? ou Aurore ? Il avait franchement du mal à trancher entre toutes ses prétendantes au collège. Un vrai cœur d'artichaut, cet Axel !

La sonnerie retentit. Mehdi avait mis le point final à son chef-d'œuvre. Axel n'avait toujours pas gommé son point d'interrogation, et, selon ses pronostics personnels, Emma n'aurait pas la moyenne.

Alors qu'ils se dirigeaient vers la porte, le professeur Mamet les interpella d'un ton sec: «Mehdi, Axel et Emma, vous restez ici.»

Axel avait un truc avec les adultes: il savait mesurer la gravité de la situation au nombre de plis qui se formaient au milieu de leur front. Il en dénombrait six sur le front de Mamet. Alerte rouge. Ça allait chauffer.

∞ ∞ ∞

Sans leur donner plus d'explications, M. Mamet se dirigea vers le grand escalier du collège qui menait au sous-sol. «Suivez-moi. Il faut que je vous parle.» Alors qu'ils dévalaient les marches, Mehdi murmura à Axel: «Si c'est au sujet de la boule puante que tu as lancée en cours de techno, je te préviens, je te ne couvre pas!!» Non mais quelle balance, ce Mehdi Kaddour…

Arrivé au dernier sous-sol, leur professeur poussa une porte barrée d'un panneau «Défense d'entrer. Danger de mort.»

Un paysage pas exactement hospitalier de béton et de moisissure s'offrit peu à peu à leurs yeux. Un véritable labyrinthe de couloirs humides jonchés de tuyaux et de toiles d'araignée. Mehdi regardait autour de lui d'un air pas très rassuré. Flippant… Dans un film d'horreur, c'est là que le tueur aurait torturé sa pauvre victime… Axel regarda Emma, l'air interrogateur : il leur faisait quoi, le Mamet ? Emma haussa les épaules en silence ; elle n'en savait pas plus que lui.

Ils arrivèrent devant ce qui semblait être l'entrée d'un local technique ; sauf qu'elle était barrée par deux grandes planches en bois à moitié pourries. M. Mamet les retira. Ils découvrirent alors une porte blindée. Une entrée secrète ! Ça devenait de plus en plus intrigant… Mamet tapota un code sur un petit clavier disposé près de la porte. On entendit un bruit métallique, puis le battant pivota sur ses gonds.

Ils se trouvaient dans une grande salle éclairée au néon. La pièce était vide à l'exception d'un drôle d'engin, grand comme deux cages d'ascenseur, disposé en son centre. Un cube parfait, sans aucune aspérité, à la surface métallique d'un noir profond.

Youssef Kaddour, le père de Mehdi, lui avait montré des photos du pèlerinage à La Mecque qu'il avait fait dans sa jeunesse. On aurait dit une **kaaba**[1] version miniature, les dorures en moins.

Mamet s'éclaircit la voix, puis prit la parole sur un ton grave : « Les enfants, j'ai des informations de la plus haute importance à vous communiquer. Vous devez certainement vous demander ce qui m'a poussé aujourd'hui à vous emmener dans ce lieu. Accordez-moi quelques minutes encore, vous allez tout comprendre. »

1. *La* ***Kaaba*** *est une grande construction architecturale de la forme d'un cube qui se trouve à La Mecque.*

Le professeur prit une profonde inspiration :

– Ce que vous voyez ici est la première machine à voyager dans le temps de l'histoire de l'humanité.

Emma chuchota à l'adresse d'Axel :

– C'est ça, et moi je suis la reine d'Angleterre…

Mehdi se tourna vers elle et la fusilla du regard :

– Chuuuuut !

– Monsieur Rottwang et moi-même en sommes les inventeurs. Notre objectif était de réaliser le premier voyage temporel jamais effectué. Nous voulions créer un outil de documentation révolutionnaire, au service de la connaissance historique. Hélas, ce rêve a tourné au cauchemar… En consultant l'historique de la machine, je me suis rendu compte que M. Rottwang s'en est servi derrière mon dos, pour des visées personnelles et destructrices. Il a utilisé la machine pour voyager dans le temps à des fins maléfiques.

Axel, un sourire figé aux lèvres, murmura entre ses dents :

– OK, là il divague complètement…

Mehdi lui fila un coup de coude. Il semblait le seul à vouloir comprendre :

– Des fins maléfiques ? C'est-à-dire ? Qu'est-ce que veut faire M. Rottwang ?

Mamet se mit à faire les cent pas dans la pièce :

– Il veut semer le chaos dans le temps humain ; régner en tyran sur notre destin à tous ! Vous comprenez, prendre les commandes de la machine, c'est l'arme absolue ! Si vous maîtrisez le temps, vous maîtrisez tout ! Vous pouvez récrire l'Histoire comme bon vous semble. Vous êtes tout-puissant !

Il se figea et les regarda droit dans les yeux :

– Il faut que vous m'aidiez à l'arrêter ! Vous seuls pouvez encore réparer les méfaits de Rottwang. Sans vous, l'humanité court à sa perte. Vous seuls pouvez contrecarrer ses plans. Vous seuls pouvez avec moi rétablir le cours normal du temps !

Emma avait son franc-parler, et là, elle en avait assez entendu :

– Non mais franchement, professeur Mamet ?! Nous trois, rétablir le cours du temps ? Vous nous avez bien regardés ? Déjà, Axel est une catastrophe ambulante en histoire…

Axel tenta vaguement de se défendre :

– Eh ! Attends…

– Rho, toi-même tu le sais. Pour toi, **Akhenaton**[2] est un chanteur de rap, et Charles de Gaulle, un aéroport. Et puis, franchement monsieur Mamet, vous m'imaginez faire équipe avec Mehdi ? Cet intello me file de l'urticaire rien qu'à le regarder. C'est simple, tous les deux on ne peut pas s'encadrer !

– Pour une fois, je suis totalement d'accord avec elle, admit Mehdi.

– Je ne sais même pas pourquoi je vous dis ça de toute façon, reprit Emma avec force. C'est du grand n'importe quoi, vos histoires d'humanité en danger, de remontage dans le temps et tout le tralala ! C'est dans votre tête tout ça ! À

2. *Leader du groupe marseillais IAM,* ***Akhenaton*** *est un des pionniers du rap français. C'est aussi le nom d'un des pharaons les plus célèbres de l'Égypte ancienne.*

mon avis, c'est pas d'une machine à voyager dans le temps dont vous avez besoin, c'est d'une bonne tisane et au dodo!

Mamet soupira:

– Je comprends. Je me prendrais aussi pour un fou à votre place. Mais vous devez me croire. Votre propre existence est menacée. Rottwang sait que seuls vous trois pouvez l'arrêter. Il va vouloir vous éliminer. La machine lui permet de voyager comme bon lui semble dans le passé. Il a modifié des éléments pour empêcher votre naissance…

Complètement siphonné, le père Mamet… Mehdi prit alors son ton le plus diplomate:

– Monsieur Mamet, la semaine a été un peu difficile, toutes ces copies, et – désignant alors Axel et Emma – tous ces élèves. Ça fait beaucoup. Beaucoup trop. Nous comprenons que vous soyez, disons…, un peu surmené. Maintenant, nous allons tous calmement rentrer chez nous. Et reprendre une activité normale…

Un sourire crispé au visage, Emma et Axel tirèrent Mehdi vers eux:

– Au revoir monsieur, et merci hein…, profitez bien du week-end pour vous reposer.

Les trois adolescents sortirent sonnés par les hallucinations de leur enseignant. Professeur Mamet, professeur Maboul, oui…

Ce dernier les regarda partir, désemparé. Ces trois-là couraient à leur perte.

Chapitre 2

Une journée presque normale

Le lendemain, Axel se réveilla avec la sensation d'avoir rêvé l'aventure des sous-sols du collège. Quel drôle de numéro, ce professeur Mamet… Il s'étira, puis se précipita vers la cuisine, poussé hors du lit par une faim démoniaque.

Sa mère lui tournait le dos, occupée à beurrer un toast sur le plan de travail. Il s'approcha d'elle à pas de loup et plaça ses deux mains sur ses côtes.

– Pas un geste ! Une tartine beurrée ou je vous descends !

Levant les bras en l'air, sa mère répliqua en riant :

– S'il vous plaît, ne tirez pas ! La confiture est faite maison !

– Retournez-vous doucement et n'ayez crainte, j'épargne toujours les femmes enceintes.

Sa mère pivota sur elle-même :

– Les femmes enceintes ? J'ai pris du ventre ou quoi ? Eh ! mon lapin ! T'en fais une drôle de tête. Ça ne va pas ?

Pâle comme un linge, Axel fixait des yeux le ventre totalement plat de sa mère...

∞ ∞ ∞

Emma s'était réveillée tôt. Aujourd'hui, les Parson allaient fleurir la tombe de Papi Lulu. Lucian Parson s'était éteint à l'âge de 90 ans un an auparavant.

Pendant la Seconde Guerre mondiale, Papi Lulu était venu d'Angleterre pour aider la Résistance française. C'était grâce à des gens comme lui que la France s'était libérée de l'occupation nazie. Son grand-père était un héros !

Emma n'aurait raté pour rien au monde ce rendez-vous. Combien de soirées au coin du feu Emma avait-elle passé recroquevillée sur les genoux de son grand-père à l'écouter lui raconter ses souvenirs !

Ses parents n'étaient toujours pas levés. Le cimetière était à deux pas de la maison ; Emma avait donc l'autorisation d'y aller seule. Ils la rejoindraient là-bas plus tard.

Il y avait aussi leurs longues promenades en forêt. Son grand-père lui avait appris à percer les secrets de la nature. Imiter le cri du merle ; repérer la trace d'un lapin dans la neige ; et ces dizaines de noms d'arbres qu'elle savait reconnaître et qu'elle s'amusait à identifier lors de ses promenades.

C'est ce qu'elle faisait alors qu'elle avançait dans la grande allée du cimetière : un platane, un hêtre, et le grand marronnier qui abritait la dernière demeure de Papi Lulu.

Mais ? Emma n'en croyait pas ses yeux ! Sur la tombe de son grand-père, les inscriptions avaient changé ! Elle pouvait maintenant lire : « Lucian Parson 1925-1944, victime de la barbarie nazie. Assassiné par la **Gestapo**[3]. »

∞ ∞ ∞

Mehdi était assis à son bureau. Devant lui étaient éparpillés des photocopies de registres d'état civil, des impressions de base de données internet, des articles de journaux découpés, des tas de feuilles de papier chiffonnées, et une immense page blanche sur laquelle il avait tracé un arbre généalogique aux branches multiples.

Cela faisait plusieurs mois que Mehdi s'était lancé dans une documentation passionnée sur l'histoire de sa famille. Un vrai travail de titan ! Et, selon ses recherches, un de ses ancêtres serait… le lointain ancêtre du grand **Saladin**[4]. Les Kaddour provenaient d'une noble lignée ! Voici d'où lui venait ce caractère conquérant et cet indiscutable charisme !

*3. La **Gestapo** était la police politique de l'Allemagne nazie entre 1933 et 1945. Elle devait éliminer tous les opposants au régime d'Hitler.*

*4. **Saladin**, souverain d'Égypte de 1169 à 1193, est l'un des héros du monde arabe au Moyen Âge.*

Certains, comme cette grande cloche d'Emma Parson, ne l'avaient pas encore compris. Mais elle ferait moins la maligne quand il deviendrait président de la République !

Mehdi allait mettre la dernière touche à son œuvre. Il avait découpé une photo de lui et allait la coller à la base de l'arbre.

Mais sa main resta suspendue en l'air. Sur le petit cliché qu'il tenait dans sa main tremblante, il voyait clairement ses jambes s'effacer progressivement…

Chapitre 3

Le grand départ

Mehdi, Axel et Emma en étaient maintenant convaincus: les prédictions de Mamet ne relevaient pas de la démence. Cette histoire de machine à remonter le temps n'existait pas seulement dans sa tête! Mehdi transformé en homme-tronc sur sa photo; le ventre tout raplapla de la mère d'Axel; les inscriptions erronées sur la tombe du grand-père d'Emma: autant de preuves qui confirmaient la théorie de leur professeur. Rottwang était en train de récrire leur passé!

Heureusement que Mamet leur avait laissé son numéro de portable. Quelques coups de fil plus tard, les trois adolescents retrouvaient secrètement leur professeur dans les sous-sols du collège auprès de la machine. Ils s'étaient éclipsés en douce de chez eux juste avant l'heure du déjeuner.

Mamet prit alors gravement la parole…

– Je vous avais prévenus. Le plan machiavélique de Rottwang est lancé… Si vous n'agissez pas rapidement, il va vous faire définitivement disparaître. Mehdi, bientôt ton image s'effacera complètement de la photo. Emma, Rottwang a transformé le destin de ton grand-père. Par ricochet, ta propre existence est menacée. Quant à toi, Axel, aujourd'hui c'est un futur membre de ta famille qui n'existe plus. Demain, ce sera ton tour.

– Mais y a peut-être un moyen de le raisonner, intervint Emma. Vous lui avez parlé ?

– J'ai essayé bien sûr, mais c'est peine perdue. Il est déterminé et rien ne l'arrêtera. Il faut absolument que vous montiez dans la machine avant que vous n'ayez définitivement disparu de ce monde. Vous devez corriger les méfaits historiques que Rottwang a commis. C'est la seule façon de vous en sortir.

– Mais il y a un truc que je ne pige pas. Vous êtes l'inventeur de cette machine, vous la connaissez comme votre poche. Pourquoi vous n'y montez pas vous-même ? questionna Axel.

Mehdi, pour une fois, alla dans son sens :

– Oui, c'est ça. Ma mère dit toujours qu'on n'est jamais mieux servi que par soi-même !

– Malheureusement, je ne peux pas, répondit Mamet. Les voyages dans le temps nécessitent une excellente condition physique. Et je suis porteur d'une pathologie cardiaque héréditaire.

– Une patho-quoi ?

Axel n'était pas sûr de comprendre.

– Pathologie. Une maladie quoi, t'es vraiment benêt, Verdier. Tiens, ça rime…, se moqua Mehdi.

– Ouais, c'est ça, *Kaddour* et *gros lourd* aussi, envoya du tac au tac Emma.

– L'heure n'est pas aux chamailleries, les enfants, interrompit Mamet. Mon cœur ne pourrait pas supporter le voyage temporel. Si j'embarquais dans la machine, je périrais sans doute dans les couloirs infinis du temps et je ne reviendrais jamais dans le présent. Rottwang pourrait alors régner comme bon lui semble sur l'Histoire. Une vraie catastrophe pour l'humanité !

Emma intervint alors :

– Monsieur Mamet, nous sommes vraiment désolés pour votre « Patagonie », mais pourquoi nous ? Pourquoi nous avoir choisis ?

– Ce n'est pas moi qui vous ai choisis. C'est la machine. Grâce à elle, j'ai pu extraire des milliards de données temporelles. Je l'ai programmée pour explorer les multiples futurs possibles. Et il n'y pas de doute, vous êtes les élus. Dans les hypothèses historiques élaborées par la machine, la seule et unique ligne de temps où Rottwang échoue croise votre histoire à tous les trois : Emma Parson, Mehdi Kaddour, et Axel Verdier. C'est mathématique. Vous seuls êtes capables de l'arrêter.

Mehdi avait beau se considérer comme l'héritier du grand Saladin, il ne paraissait pas aussi brave que son illustre ancêtre. Pris de panique, il répétait en boucle: « Je n'aime pas ça du tout, je n'aime pas ça du tout! » Axel faisait mine de chercher un bouton imaginaire derrière la nuque de Mehdi: « Quelqu'un sait-il où se trouve la fonction stop? »

– Eh! Dites, monsieur Mamet, demanda Emma, si Rottwang tient tant à la machine et au pouvoir qu'elle lui donne, pourquoi l'a-t-il laissée à la portée de tous dans les sous-sols du collège? Pourquoi ne l'a-t-il pas déplacée dans un endroit connu de lui seul?

– Parce que je lui ai menti. Je lui ai raconté que je l'avais détruite. Au lieu de cela, je l'ai dissimulée dans cette pièce secrète.

– Dans les sous-sols de son propre collège? Vous ne pensez pas qu'il finira par s'en rendre compte?

– C'est justement le dernier endroit où il irait chercher s'il venait à se douter que la machine existait toujours. C'est souvent quand quelque chose est sous votre nez que vous le voyez le moins. Mais les secondes que nous perdons en parlant sont précieuses. La machine est formelle, un délit historique est en cours en ce moment même. Pensez à l'humanité…

Devant les mines peu enthousiastes des trois adolescents, Mamet se recentra sur l'essentiel:

– Mais pensez surtout à vous. Vous DEVEZ monter dans la machine.

Mehdi s'emporta :

– Vous êtes rigolo, vous ! Monter dans la machine, monter dans la machine ! Mais on a une année de cinquième à faire, nous ! Imaginez comment on va être perdus en quatrième si on s'absente trop longtemps. Et comment va-t-on se justifier ? Vous allez nous faire un mot peut-être ? « Absent pour cause de voyage temporel » ? Je n'aime pas ça du tout, je n'aime pas ça du tout !

Mamet sourit. Même dans les moments les plus solennels, Mehdi Kaddour pensait à sa scolarité.

– Votre espace-temps se figera dès que vous l'aurez quitté. Personne ne se rendra donc compte de votre absence. Ni votre entourage, ni vos professeurs. Rassure-toi Mehdi, tu ne rateras pas une seule heure de cours !

Emma voulait garder la tête froide et ne pas céder à la panique :

– OK, imaginons, nous rentrons dans la machine. Qu'est-ce qui se passe ?

– La machine vous donne votre mission. Celle-ci est établie à partir des anomalies temporelles détectées dans ses programmes. Une fois la mission accomplie, vous revenez dans votre espace-temps. La machine actualise ses programmes et rétablit le cours du temps.

Axel prenait sur lui de poser les questions qui fâchent :

– OK, ça, c'est si on réussit la mission. Mais si on échoue ?

Le visage du professeur Mamet s'assombrit.

– C'est un risque non négligeable. Malheureusement, vous resterez coincés dans l'espace temporel où vous avez été téléportés.

Mehdi, gagné par la panique, répétait en boucle :

– Mais ça va pas du tout ça, ça va pas du tout !

Emma se figea :

– Attendez, genre je pourrais me retrouver *ad vitam aeternam* à la cour de Louis XIV ? Avec un corset horrible qui m'empêcherait de respirer et une immonde robe bouffante à nœud-nœuds ? Interdiction de faire la roue, de grimper aux arbres ? À faire la potiche toute la journée : « Bonjour, monsieur le comte de Patacouffin, bonjour madame la duchesse de La Perruque. » Ah non, je pourrais pas !

Ses lamentations rendirent le sourire à Mehdi :

– Je suis prêt à vivre éternellement à la cour de Versailles rien que pour voir ça !

Un inquiétant raclement de gorge résonna dans la pièce. Mehdi sursauta tellement fort que ses pieds décollèrent du sol.

– Qu'est-ce qui se passe ?

Une voix métallique s'éleva :

– Il se passe que depuis tout à l'heure ce gros malotru barbu d'Isidore Mamet parle de moi comme si je n'étais pas là !

– Mais où avais-je la tête ? Veuillez m'excuser ma chère, je manque à tous mes devoirs ! répondit M. Mamet, confus.

Mamet tendit les bras vers le grand cube noir :

– Je vous présente IANA. IANA, voici Mehdi, Axel et Emma, vos futurs passagers.

– Enchantée, les enfants.

Stupéfaits devant ce monolithe parlant, les trois adolescents ne pipèrent mot.

Iana reprit, d'un ton plus ferme :

– Simple mise au point. Mon nom est IANA, pour Intelligence Artificielle Neuro-Autonome. J'insiste sur les mots « Intelligence » et « Autonome ». On ne s'adresse donc pas à moi comme à une boîte de conserve. Délicatesse, courtoisie et savoir-vivre sont les maîtres mots à bord. Sinon, je vous débarque. Compris ?

Comme hypnotisés, Mehdi, Axel et Emma hochèrent la tête de concert.

– Les présentations sont faites. Maintenant, l'heure est à l'action. Il est temps d'embarquer, je vous ouvre la porte !

Dans un léger souffle, une des parois métalliques coulissa.

Mamet intervint :

– Attendez, vous ne pouvez pas partir comme ça. Je voulais… Tenez, mettez-vous ici, un genou à terre.

Mamet désignait du doigt le sol en béton devant la machine. Ils s'exécutèrent docilement. Leur professeur fouilla la pièce du regard et se saisit d'une vieille barre de fer rouillée gisant au sol. Il la posa successivement sur chacune des épaules des enfants.

– Emma, Mehdi, Axel. À l'aide de... de ce bout de ferraille tout rouillé, je vous fais Chevaliers du temps.

S'ensuivit un long silence solennel. *Chevaliers du temps*...

Les adolescents se regardaient. L'émotion était palpable. Emma, Mehdi et Axel hésitaient entre une grande fierté et une terrible appréhension. Leur vie était sur le point de basculer. Une fois qu'ils mettraient les pieds à bord, ils ne seraient plus jamais les mêmes...

– Allez, c'est à vous de jouer maintenant, reprit Mamet.

Celui-ci les poussa gentiment mais fermement vers l'entrée. Sans avoir le temps de comprendre, ils se retrouvèrent à l'intérieur, le dos plaqué à la paroi, attachés par des sangles. Une fois la porte refermée, ils avaient du mal à se distinguer dans la pénombre. Seule une faible lueur émanant des parois éclairait l'habitacle. Comme pris au piège, les trois passagers restaient muets.

La voix de IANA retentit :

– Si vous cherchez les sorties de secours, ne vous fatiguez pas : il n'y en a pas. Idem pour les masques à oxygène. Pour ce qui est des gilets de sauvetage, surprise : ils sont inexistants.

Soudain, un sablier en image de synthèse apparut au centre du cube. Du sable s'écoulait de la partie supérieure. Le sablier se mit alors à tournoyer sur lui-même : 10... 9... 8... 7. Le compte à rebours était lancé ! 6... 5... ouaf ! Comment ça, ouaf ? Un passager clandestin s'était glissé à bord à la dernière minute… Bolt, le chien d'Emma, lui aussi était du voyage.

Voyant sa maîtresse filer à l'anglaise, il l'avait suivie discrètement. Au vu des compagnons d'infortune dont elle avait hérité, il était maintenant évident que sa présence était indispensable : Bolt, protecteur attitré d'Emma. Et quel protecteur ! Un bouledogue anglais, fidèle sujet de Sa Majesté.

– Bolt ! s'écria Emma en le serrant fort contre elle.

3… 2… 1. Le sablier explosa dans un flash éblouissant. IANA disparut, laissant Mamet mort d'inquiétude :

– Le sort en est jeté. S'il leur arrive malheur, je ne me le pardonnerais jamais…

Chapitre 4

L'architecte a disparu

Boum ! IANA se posa avec fracas, secouant violemment Emma, Alex et Mehdi. Les sangles se détachèrent. Rapide contrôle technique : les bras étaient bien là, les orteils répondaient présents, les doigts craquaient, les yeux clignaient. Ils étaient tout fourbus mais chacun était en un seul morceau.

– Mehdi est un monsieur-je-sais-tout insupportable. Ouf ! soupira Emma, mon élocution et ma lucidité n'ont pas été perdues en route ! Tout est là.

– C'est quoi cette machine ! pesta Medhi, pour faire apparaître des sabliers, y'a du monde, mais on est loin des conditions d'un voyage en première classe ! J'ai mal partout.

– Désolée, mon programme ne possède pas la fonction « atterrissage en douceur pour les voyageurs du temps douillets », se moqua IANA. Puis, toujours, en prenant une voix d'hôtesse de l'air :

– La température extérieure est de 32 °C et sera au plus fort de la journée de 46 °C. Pas de nuage à l'horizon, le soleil va briller jusqu'au soir. Petits veinards !

– Quoi ? 46 °C ? s'exclama Emma. Mais on était en plein hiver il y a dix minutes ! On est arrivés en l'an 2500 en plein réchauffement climatique ? Ho ! non, les écolos avaient raison : la fonte des glaces, c'est pas du pipeau !

C'est alors que des hiéroglyphes dorés apparurent sur les parois de IANA : des **cartouches**[5] représentant des plumes, des aigles ou encore des hommes à tête d'animaux illuminèrent l'habitacle. Le tout semblait former une histoire, comme une bande dessinée faite d'or et de lumière, dont ils ne comprenaient pas le sens, mais en ressentaient cependant la puissance.

– Non, pas du tout. Vous êtes en l'an – 2670, en pleine Égypte antique, jeune fille, répondit IANA.

– Je me sens comme Champollion décryptant la **pierre de Rosette**[6], souffla Mehdi en admirant les hiéroglyphes.

La lumière des hiéroglyphes baissa soudainement en intensité. La porte s'ouvrit alors, laissant le jour pénétrer à l'intérieur de la machine. Ils plissèrent les yeux : les premiers rayons matinaux du soleil frappaient déjà fort.

*5. Un **cartouche** est un symbole hiéroglyphique représentant une corde fermée par un nœud ; il contient le nom d'un pharaon.*

*6. La **pierre de Rosette** est un fragment de stèle gravée de l'Égypte antique qui a permis le déchiffrement des hiéroglyphes au XIXe siècle par Champollion.*

– J'y crois pas, murmura Axel, on l'a fait… On a traversé l'espace-temps !

– Si je puis me permettre, vous faites erreur. J'AI traversé le continuum spatio-temporel. Chacun son rôle, précisa IANA.

Ils sortirent chacun leur tour, ébahis. Ils se trouvaient dans une immense palmeraie. Les arbres majestueux se balançaient en cadence au gré d'une brise légère. Des dattes tombées des arbres craquaient sous leurs pieds, l'herbe était douce et d'un vert vif. Quelle végétation luxuriante ! Eux qui pensaient se retrouver dans un paysage désertique…

Mais le plus impressionnant restait le Nil, omniprésent dans ce paysage enchanteur : d'un bleu satiné, les eaux du fleuve semblaient paisibles, on avait envie d'y plonger pour s'y rafraîchir. Des oiseaux migrateurs, qui formaient un V, passèrent dans le ciel bleu sans nuages, complétant cette vision picturale.

En suivant leur déplacement, ils virent au loin les contours de petites maisons carrées et plates, en bordure du Nil : ils se trouvaient non loin d'une cité, mais laquelle ? Ni le murmure du fleuve sacré, ni les piaillements des moineaux posés dans les branches des palmiers ne leur donnèrent la réponse.

Les enfants restèrent silencieux quelques instants devant ce tableau, submergés par l'émotion de découvrir une civilisation qu'ils n'avaient connue que par les livres… Ils tentaient de comprendre ce qui leur arrivait, sans vraiment y parvenir.

Soudain, Emma sentit une présence derrière elle, qui brisa la féérie de l'instant.

– Bonjour les enfants !

– HAAAA !!! crièrent Axel, Emma et Mehdi à l'unisson.

– Mais calmez-vous enfin ! Ce n'est que moi, votre professeur.

En effet, M. Mamet était bien là, avec sa barbe et sa bonhomie habituelle, mais les contours de son corps étaient translucides, comme si on pouvait le traverser.

– C'est de la magie ? demanda Axel.

– Non, c'est juste un hologramme. Effectivement, je ne peux pas voyager avec vous, mais je peux vous suivre de l'atelier des sous-sols et parfois apparaître pour vous aider. Pendant le voyage, IANA vous a implanté une puce dans le poignet pour suivre vos déplacements.

Emma, Axel et Mehdi se tâtaient fébrilement les avant-bras.

– Rassurez-vous, elle est parfaitement inoffensive pour votre santé, reprit Mamet, et si petite que vous ne la sentirez pas. Grâce à elle, je peux vous localiser avec l'écran de contrôle qui est relié à IANA, et donc à vous. Vous me suivez ?

Emma, Mehdi et Axel hochèrent la tête, pas vraiment sûrs d'avoir saisi. Mais le professeur avait un œil sur eux en permanence, c'était l'essentiel.

– Bon, reprit Mamet, j'ai retrouvé l'anomalie temporelle provoquée par Rottwang. Voici la situation : le chantier de la première pyramide à degrés, plus connue sous le nom de pyramide de Saqqarah, est interrompu. L'architecte Imhotep et ses plans ont disparu. Ça ne peut être que l'œuvre de Rottwang : Imhotep n'a jamais subi la moindre violence, il était adoré des Égyptiens. Si ce délit temporel n'est pas réparé, ce trésor de l'architecture humaine n'existera jamais. Le pharaon Djéser interprétera la disparition du bâtisseur comme un signe funeste des dieux. Il arrêtera définitivement le chantier et Imhotep ne sera jamais **vizir**[7]. Et sans pyramide à degrés…

– … Pas de pyramides du tout, termina Mehdi. Les prochaines ne seront jamais construites. C'est scandaleux ! Rottwang ne s'en sortira pas à si bon compte ! Il faut retrouver Imhotep et faire redémarrer les travaux coûtc que coûte.

– Et concrètement, on fait comment ? On ne connaît personne, on ne parle pas la langue, on n'a pas de Smartphone, on n'a pas de GPS et, en plus de ça, il fait super chaud. J'ai l'impression de rôtir comme un poulet ! déclara Emma.

– Du calme, répondit M. Mamet avec une voix apaisante. Quelle que soit la destination de votre voyage, vous parlez la langue du pays concerné. Oui, vous vous exprimez actuellement en égyptien ancien.

IANA intervint d'une voix cassante :

– Professeur Mamet, vous n'avez pas l'impression d'oublier quelque chose ?

7. *Le **vizir** dans l'Égypte ancienne est l'équivalent du Premier ministre d'aujourd'hui.*

– Heu… Non ?

– Pfff…, soupira IANA. Visiblement, vous êtes dépassé, mon cher Isidore. Je prends le relais. Un de mes programmes brasse toutes les informations disponibles sur l'époque visitée : traditions, vêtements, armes, religions, système politique, et cetera. Grâce à ces calculs, j'obtiens les objets qui vous serviront dans votre quête.

Ils contemplaient IANA, peu rassurés : qu'allait-elle leur fournir ? Le contour d'une main s'alluma sur la paroi de la machine.

– Voici un système de reconnaissance d'empreinte digitale ultrasophistiqué. Une fois votre main posée dessus, le programme va matérialiser un objet que vous seuls pourrez utiliser.

Peu enclin à l'idée de passer en premier, Mehdi poussa Axel vers la machine. Ce dernier s'exécuta et plaça ses phalanges à l'endroit indiqué. Quelques secondes plus tard, un objet commença à apparaître. Long, fin, c'était…

– Une flûte ?! s'exclama Axel. Une flûte ?! Mais… Qu'est-ce que je vais en faire ? Rendez-moi plutôt ma guitare électrique ! Je vous fais un solo sous les étoiles, en mode « Jimmy Hendrix avec les dents », devant un public en folie, plein spot sur mes doigts de rockeur qui vibrent sur ma gratte et tadam : le chantier reprend ! Mais avec une flûte… Je perds mes fans en deux notes avec ce truc.

– Ça sent pas bon tout ça, prédit Mehdi, elle a une dent contre nous cette machine, ce n'est pas possible !

Emma mit sa main à son tour, espérant que Mehdi ait tort. Après tout, ils étaient là pour sauver le continuum espace-temps, contre leur volonté en plus et…

– Un bout de bois ?! C'est une blague ?! C'est quoi ton problème, vieille machine à la noix ?

– Emma, enfin ! s'interposa M. Mamet. Les calculs de IANA sont irréfutables, je les ai moi-même supervisés. Prends soin de ce bâton. Qui sait ? Il pourrait te sauver la vie ?

Axel et Emma regardèrent la flûte et le bâton, peu convaincus. Enfin, Mehdi appuya sa main contre l'empreinte. Que ces ânes écopent d'objets inutiles, c'était finalement bien mérité, pensa-t-il. Tout ça ne prouvait qu'une chose : à eux les objets insignifiants et à lui le **nekhekh** ou le **héqa de pharaon**[8].

IANA le comprenait, c'était certain : ils partageaient ce lien qui unit les êtres uniques et supérieurs. L'objet se matérialisa, d'abord sous forme de pixels rouges, qui s'assemblèrent pour finalement composer…

– Un papyrus ! HA HA ! Je le savais ! se réjouit Mehdi, lui qui maîtrisait les rudiments de l'écriture hiéroglyphe, c'était parfait !

Emma et Axel, vexés, prirent le papyrus des mains d'un Mehdi hilare, puis se regardèrent à nouveau, et sourirent.

– Il est vierge ton papyrus, dit Axel, ce qui calma Mehdi en un instant. Il est aussi inutile que ma flûte et le bâton d'Emma.

8. *Les* ***sceptres royaux*** *du pharaon.*

– Oh ! non, constata à contrecœur Mehdi, nous sommes perdus !

– Allons les enfants, reprenez-vous, allez vous habiller, direction la machine ! intima Mamet, qui essayait de parer au découragement ambiant.

Ils s'y dirigèrent avec peu d'entrain. Trois cabines avaient surgi à l'intérieur. Les trois enfants y entrèrent simultanément. Quelques instants plus tard, ils sentirent leurs corps se détacher du sol.

Ils flottaient comme en apesanteur. Une lumière diffuse apparut dans la cabine et les enveloppa. La tenue se matérialisa sur eux : un pagne pour les garçons et une robe de lin blanc pour Emma. Ils sortirent tous les trois, des sandales de palmier tressées aux pieds.

– C'est tout ? s'indigna Axel. Un pauvre pagne ? OK, j'ai un corps de rêve, mais il fait 46 °C dehors. Et elle est où, la crème solaire ?

– Indice 50 si possible, renchérit Mehdi. Et un bob avec ça, je suis sujet aux insolations.

– On n'est pas dans un palace ici, s'impatienta IANA. Les Égyptiens ont porté ces habits pendant des siècles. Adaptez-vous !

Plus facile à dire qu'à faire pour Emma, qu'on sentait peu à l'aise dans ses nouveaux habits. Son sacro-saint baskets-jean-sweat à capuche lui manquait déjà. Bolt, au contraire, semblait ravi de voir sa maîtresse décemment vêtue. Quelle classe elle avait ! Ça changeait de ses guenilles habituelles, pensa-t-il.

– Emma en robe, pouffa Mehdi, dommage qu'il n'y ait personne pour immortaliser ce moment.

– Tu veux qu'on parle de ton pagne ? vociféra Emma, moi, au moins je suis habillée.

Un regard de M. Mamet stoppa net l'altercation :

– On ne retrouvera pas l'architecte Imhotep vivant si vous continuez vos chamailleries… Chaque minute compte !

Chapitre 5

Adjib « cœur vaillant »

Sur les parois de la machine se trouvait un clavier numérique. Mamet pianota dessus. Une carte en trois dimensions apparut alors devant eux :

– Vous êtes ici : à côté du Nil et de la cité de Memphis, leur montra Mamet en indiquant un point rouge sur le plan. Un autre point apparut, que Mamet pointa du doigt. C'est là qu'Imhotep a été vu pour la dernière fois. Il s'agit de sa demeure. Elle se situe dans le village des ouvriers, quelques kilomètres à l'ouest de Memphis. C'est votre première piste : allez-y et renseignez-vous pour découvrir ce qui a pu se passer. Gravez bien la carte dans votre esprit. Je ne pourrai pas réapparaître autant de fois que je le souhaite : me projeter dans le passé me demande beaucoup d'énergie et mes problèmes cardiaques limitent mes retours dans le passé. Je vous recontacte dès que j'ai repris des forces.

– Comptez sur moi professeur, j'ai une excellente mémoire visuelle, dit solennellement Mehdi.

– Bien. Il faut faire vite : mon corps s'affaiblit de plus en plus. L'aventure commence ici ! IANA va devenir invisible durant votre mission et elle ne réapparaîtra que lorsque vous aurez rétabli le cours du temps. Et quoi qu'il arrive, n'oubliez pas : vous devez TOUS revenir dans la machine. Sinon, la mission sera un échec. J'ai confiance en vous : un pour tous, tous pour un !

L'hologramme de Mamet disparut. Avant de s'effacer à son tour, IANA ne put s'empêcher de lancer :

– Bon courage ou plutôt devrais-je dire… bonne chance ! laissant les enfants un brin paniqués.

Mehdi fut le premier à reprendre ses esprits :

– Bon, c'est moi qui dirige le groupe ! dit-il avec entrain. En avant !

Emma se tourna vers Axel :

– Lui, chef ? Et puis quoi encore ? Ça commence bien…

Ils se lancèrent un regard entendu. Sur les pas de Mehdi, ils suivirent les rives du Nil, se mettant dès que possible à l'ombre des palmiers qui bordaient le fleuve. Ils découvrirent de nombreux champs de blé et d'orge. À l'aide d'un bâton, un **fellah**[9] frappait l'échine de son bœuf qui traînait la charrue.

Puis, ils bifurquèrent vers les terres. Mehdi marmonnait des indications de longitudes et de latitudes incompréhen-

9. *Dans l'Égypte ancienne, le* ***fellah*** *est un modeste propriétaire agricole.*

sibles pour Emma et Axel. Au fur et à mesure de leur avancée, l'ombre salutaire des palmiers fit place au sable jaune du désert.

Ils marchaient depuis déjà deux bonnes heures sous un soleil de plomb, quand enfin, derrière une colline gravie avec peine, apparut dans les ondulations de chaleur le village des ouvriers.

Cette vision leur donna le courage de parcourir les derniers mètres qui leur restaient. Ils se précipitèrent alors sur des jarres d'eau posées à l'entrée du village et étanchèrent leur soif à grandes gorgées. Une fois réhydratés, ils pénétrèrent dans le village.

Un grand silence accompagnait leur recherche. Cela ne faisait aucun doute : le chantier était bien arrêté. Les ouvriers ne travaillaient pas à leurs activités habituelles, délaissant leurs poteries et leurs ouvrages en palmes séchées pour une sieste.

Le feulement d'un chat les fit sursauter. Bolt le prit pour lui : c'était une déclaration de guerre. Il se mit à sa poursuite, en aboyant fortement.

Mehdi intervint :

– Si ton toutou se bat avec un **chat**[10], je te laisse te dépatouiller avec les autorités. Cet animal est sacré ici.

– Ce n'est pas un chat de gouttière qui va faire la loi. Et Bolt est un bouledogue anglais, pas un vulgaire « toutou ». Il est racé !

Bolt releva fièrement sa truffe. « Racé. » Voilà qui était bien dit.

10. *Le* ***chat*** *était l'un des nombreux animaux vénérés dans l'Égypte antique. Il était notamment associé au symbole de protection.*

Axel traînait un peu la patte, finalement plus sensible à la chaleur qu'il ne l'aurait cru. Il fit une pause pour s'éponger le front et leva les yeux au ciel : mon Dieu, quelle fournaise !

Son regard se porta sur une maison placée en hauteur et ceinte d'un mur. La maison se démarquait des autres par de solides fondations. Elle devait abriter un personnage important.

Il interpella Emma et Mehdi, alors en pleine « discussion » sur une plume que Mehdi pouvait aller se mettre là où Emma pensait (mais de quoi parlaient-ils ?)... Les adolescents en déduisirent que ce devait être la maison de l'architecte et remontèrent les ruelles en escalier pour y parvenir.

– Laissez-moi faire, commanda Mehdi. Les adultes apprécient mes qualités intellectuelles et ma courtoisie. J'arriverai facilement à mes fins.

Mehdi frappa de toutes ses maigres forces à la porte pour signaler sa présence. Quelques instants plus tard, une femme d'une trentaine d'années vint leur ouvrir. Elle portait une longue robe de lin blanc. Elle semblait fatiguée et peu amène. Des cernes creusaient ses yeux sombres et des sillons de khôl sur ses joues révélaient les larmes qu'elle avait dû verser. Elle serrait avec intensité une amulette d'**Hathor**[11].

– Que puis-je pour vous ? dit-elle d'une voix emplie de tristesse.

– Bonjour madame, je viens voir l'architecte Imhotep, enchaîna Mehdi, concentré sur sa mission et peu sensible à l'évidente tristesse de cette femme. Nous sommes en-

11. ***Hathor****, déesse de l'Égypte ancienne, dont le nom signifie « Demeure d'Horus » (le Soleil). Elle est représentée sous les traits d'une vache, ou d'une femme portant le disque solaire entre ses cornes. Déesse maternelle, elle est aussi déesse de la Beauté et de l'Amour.*

voyés par le pharaon pour vérifier l'avancement des travaux. Nous avons noté un ralentissement dans ces derniers et nous…

– Envoyés par le pharaon ? coupa la femme, vous me prenez pour une idiote ? Mon mari ne reçoit pas les menteurs et encore moins les enfants qui affabulent. Disparaissez de ma vue immédiatement. Rentrez chez vous !

BAM ! La porte se ferma brutalement.

– Les adultes t'adorent, c'est clair ! ricana Emma.

Mehdi, dépité, ne commenta pas.

– Le courant n'est clairement pas passé. La pauvre femme a l'air bouleversé, dit Axel. On n'obtiendra rien d'elle. Il faut qu'on se débrouille tout seuls. Reste à savoir comment.

– On pourrait entrer par derrière, suggéra Emma. Le mur n'est pas si haut. En faisant la courte échelle, je suis sûre qu'on peut l'escalader.

– Sinon, le respect du code pénal, ça vous dit quelque chose ? dit Mehdi, scandalisé. Ça s'appelle une infraction…

– Tu n'as qu'à te plaindre auprès de M. Mamet quand on le reverra. Au cas où tu l'aurais oublié, on a une mission à remplir, coûte que coûte : retrouver Imhotep ! Sinon, tu peux dire bye-bye à nos familles. Tu choisis quoi ?

– Oui, oui je viens, c'est bon. Mais la loi, c'est la loi, ne put-il s'empêcher d'ajouter.

Après quelques acrobaties, ils se retrouvèrent de l'autre côté du mur. Le jardin faisait le tour de la maison à la façade blanche et aux petites ouvertures placées en hauteur. Sur la gauche se trouvait un grand bassin de nénuphars entouré d'arbres. Quel contraste avec les modestes habitations du village !

D'un signe, Axel leur intima le silence. Il pointa son doigt en direction du bassin. Assis au bord, un enfant d'environ dix ans se tenait la tête entre les mains, les épaules secouées par des sanglots.

– Hé, petit, ça va ? demanda Axel en s'approchant.

Le jeune garçon le dévisagea avec stupeur à travers ses larmes. Il tenait fébrilement entre ses doigts un petit pendentif bleu turquoise représentant un scarabée : une amulette de **Khépri**[12].

12. ***Khépri*** *est un dieu de l'Égypte ancienne représenté sous les traits d'un scarabée qui pousse un disque solaire. Il symbolise la renaissance.*

– Mais qu'est-ce que vous faites chez moi ?

– Désolé pour cette irruption inopinée, lui répondit Mehdi. Sache que je ne cautionne pas. Mais rassure-toi, on est là pour la bonne cause. On ne te veut aucun mal. On est à la recherche d'Imhotep, l'architecte de la pyramide. On pense qu'un complot se trame contre lui et…

– Et vous avez raison. Imhotep est mon père ! Il a été enlevé la nuit dernière. J'ai tout vu !

– Tu peux nous en dire un peu plus ? tenta Axel, touché par son chagrin.

– Ça s'est passé hier soir. Il était tard et j'avais du mal à dormir. Je suis allé sur le toit pour profiter de la fraîcheur de la nuit. Soudain, j'ai entendu des coups violents frappés à la porte. Une voix d'homme menaçante demandait à voir Imhotep. J'ai pu voir la scène parce qu'elle s'est déroulée dans le jardin. Un homme se tenait face à mon père. C'était un vrai colosse, il le dépassait de deux têtes. Le ton est monté. L'individu lui a ordonné de lui fournir les plans de la pyramide. Mais mon père a refusé. Alors cette brute épaisse a sorti un couteau et l'a menacé de mort. Ma mère, attirée par les cris, est intervenue et a tenté de calmer les esprits. Pour seule réponse, son agresseur l'a frappée violemment d'un revers de la main, lui faisant perdre conscience. Mon père s'est précipité afin de lui porter secours. Le scélérat en a profité pour l'assommer et le traîner vers l'extérieur. J'ai alors essayé de suivre sa trace, mais il était déjà trop tard. Maintenant, ma mère passe son temps à prier **Sekhmet**[13] la lionne pour qu'elle lui ramène son amour. Je ne sais pas quoi faire.

Axel était bouleversé par ce récit. Ce petit garçon sans défense avait perdu son père. Il s'adressa à l'enfant d'une voix réconfortante :

– Ne t'inquiète pas, on va t'aider, tu peux compter sur nous. Peux-tu nous emmener sur le lieu de l'agression ? Il faut tout passer au peigne fin !

– Bien sûr. Suivez-moi !

Le jeune garçon reprenait espoir devant cette aide inattendue.

– Bolt, c'est le moment de prouver tes talents de super-détective, dit Emma. Renifle-moi le secteur !

Le chien se mit à balayer minutieusement le terrain : un vrai Sherlock Holmes canin !

– Au fait, moi c'est Adjib, se présenta le jeune garçon.

– Ravi de te rencontrer, Adjib. Moi c'est Axel, et voici Emma et Mehdi. Tu as une idée de qui pourrait être ce malfaiteur ?

– Non, mais c'était la pleine lune hier soir. Il a relevé la tête et j'ai pu voir clairement son visage : il avait une cicatrice à l'œil. C'est tout, malheureusement. Il a fui avec la rapidité des félons. Qu'Arsaphes, le dieu de la Justice, le maudisse !

Bolt apporta alors dans sa gueule un morceau de peau de léopard, qu'il avait trouvée enfouie dans un buisson.

– Hé ! c'est quoi ça ? demanda Emma en prenant avec précaution le vêtement. C'est la mode ici ?

13. *Déesse lionne,* ***Sekhmet*** *est l'incarnation de la force, protégeant le dieu solaire et le monarque de leurs ennemis.*

– Sacrebleu ! s'exclama Mehdi, mais non ! C'est une pardalide !

– Une quoi ?

– Une pardalide, lui répondit Adjib. Ben alors, tu ne sors jamais de chez toi ? C'est un vêtement d'apparat pour les ecclésiastiques.

– L'agresseur serait donc un prêtre ? s'étonna Emma. Mais comment on va faire pour le retrouver ?

– Il y a une procession en l'honneur du dieu **Ptah**[14] aujourd'hui, s'écria Adjib. Il y participe forcément. Faites-moi confiance. Je le reconnaîtrai entre mille. Je veux confronter ce barbare, je veux faire honneur au nom que mes parents m'ont donné : Adjib, « cœur vaillant ».

Axel, Emma et Mehdi se regardèrent avec espoir : l'enquête prenait la bonne direction.

– Il y a un chariot qui peut nous emmener en ville. Il y va tous les jours pour approvisionner le village en nourriture. Il ne va pas tarder à partir. Dépêchons-nous !

Ils se précipitèrent à la suite d'Adjib, dévalèrent les escaliers étroits du village aussi vite que possible. Ils arrivèrent sur une place. Le chariot avait déjà démarré et roulait vers Memphis.

Vite ! Emma atteignit le véhicule la première, et s'y hissa avec agilité. Alors, elle aida Axel à grimper. Adjib fut le troisième à monter à bord, puis Bolt. Il ne manquait plus que Mehdi, qui donnait tout ce qu'il pouvait. Si seulement il

14. ***Ptah*** *est le dieu créateur du monde dans la mythologie égyptienne. Il est aussi le protecteur de la cité de Memphis.*

n'avait pas simulé des maux de ventre pendant les cours d'endurance… Le chariot prenait de plus en plus de vitesse : Mehdi restait en arrière.

– Allez ! l'encouragèrent Axel et Adjib en lui tendant la main, mets la gomme !

Même Emma semblait inquiète. Non ! pensa Mehdi, je ne peux pas manquer ça. Ce serait l'humiliation ! Cette dernière pensée lui donna le coup d'accélérateur dont il avait besoin. Il réussit à réduire l'écart, attrapa la main d'Axel et Adjib l'agrippa par son pagne. Ouf ! Il était moins une : le chariot avait désormais atteint sa vitesse maximale. Ils filaient vers Memphis.

– Il faut arriver à temps maintenant…, dit Mehdi après avoir repris difficilement son souffle. Si on rate la procession, on aura perdu notre seule piste.

Emma et Axel lui jetèrent un regard noir, désignant discrètement de la tête le petit Égyptien.

– Oh ! pardon Adjib ! Ne t'en fais pas, ces processions sont d'une lenteur, on arrivera forcément à l'heure ! Haha ! C'est mon petit côté pessimiste ! Bien sûr qu'on va retrouver ce prêtre. On aura même le loisir de manger quelques dattes ! J'ai une de ces faims, pas vous ?

– Raah, tais-toi boulet, grogna Emma.

Adjib eut un sourire forcé, mais ne fit aucun commentaire. Le reste du voyage se passa en silence, la phrase de Mehdi résonnant dans la tête de chacun. Pourvu qu'ils arrivent à temps !

Chapitre 6

Une procession à haut risque

Le chariot s'arrêta aux abords de la ville, ils descendirent et Adjib s'engouffra dans les ruelles au pas de course, suivi de près par toute la bande. Bolt commençait à traîner la patte : ah ! les petites plaines verdoyantes de son Yorkshire natal !

Le jeune Égyptien les conduisit au cœur de Memphis. Ils dépassèrent rapidement des maisons d'orfèvrerie, des boulangeries où se côtoyaient des paniers à biscuits et des gâteaux au miel. La foule se faisait de plus en plus dense.

Soudain, ils entendirent une musique envoûtante :

– La procession approche : cet air est joué pour honorer le dieu Ptah, protecteur de la cité, les informa Adjib. Les prêtres vont défiler avec sa statue dans la ville quelques heures avant de la ramener au temple. L'homme à la cicatrice ne devrait plus être très loin.

– Montons sur le toit, nous aurons un meilleur point de vue pour repérer l'homme, suggéra Emma à la vue d'une maison avec son escalier collé à la façade.

– Bonne idée ! acquiesça Axel.

Avant de monter les escaliers, Emma se baissa et fit sentir à Bolt la pardalide :

– Renifle ça ! Déniche-nous son propriétaire. Mais fais attention à toi et ne joue pas les héros.

Le bouledogue remua la queue : aucun problème, c'était pour lui un jeu d'enfant. Bolt trottina vers la foule, la truffe en alerte, il gérait la situation.

Les chants se firent plus nets ; soudain les prêtres apparurent. Quant à Axel, Emma, Mehdi et Adjib, installés sur le toit, ils écarquillaient les yeux, fascinés par le spectacle qui s'offrait à eux !

Les prêtres étaient torse nu, le bas du corps recouvert d'un vêtement de lin blanc noué, des sandales de palmier aux pieds, épilés, une capuche sur le visage. Une dizaine d'entre eux portaient une lourde barque en or qui scintillait sous le soleil, dans laquelle siégeait la statue du dieu Ptah, à la peau teintée d'un vert éclatant. Certains agitaient de grands éventails de plumes d'autruche pour rafraîchir le dieu et d'autres balançaient des encensoirs pour purifier l'air. En fin de cortège venaient les prêtres chargés de recueillir les offrandes du peuple.

– Alors ça, c'est quand même plus fun que la messe du dimanche, s'exclama Axel. Avec un alien en bonus! On se croirait à Hollywood!

Un alien… D'ordinaire, Mehdi aurait remis Axel à sa place. Mais là, il restait coi, captivé par le spectacle. Dire que quelques jours auparavant il lisait un livre sur l'Égypte antique et le voici là, maintenant, en train de vivre cet instant qui…

– Ouaf ! Ouaf ! Ouaf !

– Bolt a senti quelque chose! s'écria Emma.

En effet, le chien tournait en cercles concentriques autour d'un prêtre en aboyant. Gêné par l'animal, celui-ci perdit quelques instants l'équilibre et essaya de le chasser à coups de pied. Très remonté face à cet individu peu civilisé, Bolt bondit sur lui. L'homme eut alors un mouvement de recul si brusque qu'il en perdit sa capuche. Une balafre barrait son œil gauche!

– La cicatrice! souffla Emma. C'est notre homme!

– Mais comment l'approcher? dit Mehdi, pas tout à fait à son aise dans cette situation. Impossible de perturber la procession sans courir de risques. Le dieu qu'il honore aujourd'hui représente le créateur de l'univers et est censé protéger les artisans. On va se faire lyncher par la foule si on tente de bloquer le cortège. Y a des sacrés gaillards parmi eux…

– Quelle chochotte! se moqua Emma. Même en Égypte antique, tu restes fidèle à ta réputation! Il faut agir et vite. Il

ne faut surtout pas perdre la trace du balafré. Adjib, où vont les prêtres une fois la procession terminée ?

– Ils retournent au temple avec les offrandes. Mais celui-ci est interdit à la population : il n'y a que les prêtres, le vizir et le pharaon qui peuvent y entrer, se désola Adjib. C'est une vraie forteresse.

Axel regardait passer des ânes avec des jarres remplies d'offrandes : les pauvres bêtes, autant de poids sur leurs frêles échines ! Elles sont immenses ces jarres, assez grandes pour contenir un être humain… Mais, c'est ça… Axel se tourna vers ses compagnons, un sourire en coin :

– J'ai une idée ! Les offrandes vont directement au temple ! C'est ça notre chance : cachons-nous dans les jarres et nous rentrerons, ni vu ni connu.

Tout le monde loua la bonne idée, sauf Mehdi, devenu subitement claustrophobe. Adjib les amena au grenier de blé, dernier point de collecte de la procession.

Adjib les aida à vider les jarres. Emma, en bonne gymnaste, se glissa sans problème dans la jarre, Bolt au creux de ses bras ; Axel, avec son corps longiligne, ne rencontra pas plus de difficultés ; Mehdi se contorsionna, mais arriva à ses fins. Avant qu'Adjib entre lui aussi, Axel se tourna vers lui :

– Ta mère a déjà perdu un mari, Adjib. À l'heure qu'il est, elle doit être folle d'inquiétude. Il est temps de rentrer chez toi.

Son âme de futur grand frère avait parlé. Adjib les regarda avec intensité, les larmes aux yeux :

– Je place la vie de mon père entre vos mains, dit-il d'une voix tremblante. Que Taouret, protectrice des enfants, vous vienne en aide.

Axel, ému, le serra dans ses bras :

– Ne t'en fais pas, nous allons tout faire pour le retrouver. Tu as ma parole.

Adjib referma les couvercles des jarres. Bientôt, ils se sentirent soulevés de terre, puis balancés au rythme des ânes.

Une heure plus tard, ils entendirent le bruit de la foule se faire plus feutré. Ils se déplaçaient désormais en silence. BAM ! Les portes menant au quartier du temple venaient de se fermer derrière eux. Ils ne pouvaient plus faire marche arrière…

Chapitre 7

Rien ne va plus !

Les jarres avaient été déposées dans un entrepôt qui jouxtait l'édifice religieux. Emma, Axel et Mehdi entendirent les prêtres s'éloigner. Ils attendirent encore quelques minutes.

– Vous croyez qu'ils sont partis ? chuchota Axel.

– On dirait bien, répondit Emma.

Emma et Axel passèrent la tête hors de leur jarre. La salle était déserte…

– Mehdi ? Tout va bien ?

Emma se retourna et vit Axel penché sur la jarre de Mehdi, encore close.

– Mais qu'est-ce qu'il fiche? On n'a pas de temps à perdre ! souffla Emma, agacée.

– Il s'est peut-être senti mal pendant le trajet…

Le couvercle de la jarre s'ouvrit lentement et Mehdi en sortit, sans mal-être apparent. Il tentait gentiment de se faire oublier… Devant l'air ahuri d'Axel et d'Emma, il s'expliqua :

– Imaginez que vous vous soyez fait prendre. Il faut bien que l'un d'entre nous termine la mission ! Je serais revenu pour vous délivrer bien évidemment.

Axel retint à grand-peine Emma de se jeter sur Mehdi :

– Vous allez arrêter, oui ?! On garde son calme et on évite de s'entretuer. On doit être trois pour repartir, souvenez-vous-en ! D'ailleurs, c'est bien beau d'être entrés, mais maintenant, où va-t-on ?

Mehdi avait sa petite idée :

– Direction le temple sacré ! C'est un lieu de passage obligé pour les prêtres. Notre kidnappeur s'y trouve forcément.

Ils sortirent de l'entrepôt le plus discrètement possible, la bouche remplie des victuailles qu'ils avaient dérobées pour calmer leur faim. Les derniers rayons du soleil donnaient au ciel une couleur violette. Dans peu de temps, **Nout**[15], la voûte céleste, allait recouvrir de son corps le ciel égyptien.

Des prêtres vaquaient à leurs activités et regagnaient leur maison respective. Le quartier du temple était une ville dans la ville. En son cœur se trouvait le temple. Il se dressait au loin, majestueux, ses fiers pylônes tendus vers le ciel.

Ils longeaient maintenant l'allée des sphinx qui menait au lieu de culte. Bolt dévisageait les statues d'un air intrigué.

15. ***Nout*** *est la déesse égyptienne du Ciel. Elle est représentée sous les traits d'une femme s'enroulant autour de la Terre. Chaque jour et chaque nuit, le soleil traverse son corps avant de réapparaître à l'aube.*

Bizarre quand même, ces Égyptiens : un corps de lion avec une tête d'homme. Pourquoi pas un chien à trois têtes pendant qu'on y était !

Une fois arrivés, ils constatèrent avec désarroi que les immenses portes en cèdre étaient closes. Comment entrer ? Impossible de les ouvrir à la seule force de leurs bras : ils n'étaient pas des demi-dieux. C'est alors que Mehdi se frappa le front avec la main.

– Mais oui ! s'exclama-t-il.

– Chut ! Tu vas nous faire repérer, gronda Emma.

– Pardon, pardon, reprit-il en chuchotant. Dans mon livre *L'Égypte pour les…* euh ! peu importe la fin du titre, le temple a des entrées latérales pour permettre aux serviteurs d'honorer le dieu à chaque instant de la journée. Peut-être y en aura-t-il une ouverte ?

De petites portes en bois longeaient bien les parois de l'édifice. Les deux premières ne bougèrent pas d'un centimètre. Mais la troisième s'ouvrit sans difficulté.

– Gagné ! Ah ! décidément, rien ne vaut un bon livre d'histoire pour vous sauver la mise !

Emma devait bien l'avouer, sans Mehdi, ils n'y auraient pas pensé. C'est décidé, quand je rentre, je prends ma carte au **CDI**[16].

Ils arrivèrent dans une salle où d'immenses colonnes se dressaient devant eux. Ils se sentaient minuscules face à cette somptueuse forêt de piliers. Sur les pourtours, ils

16. ***Centre de documentation et d'information*** *au collège et au lycée.*

voyaient gravée l'histoire de **Seth**[17] piégeant son frère Osiris ou encore celle du dieu Ptah créant le monde.

– Nous sommes dans la salle hypostyle, expliqua Mehdi. Lorsque le temple ouvre ses portes au public, c'est la seule salle à laquelle il peut accéder. Une fois dépassé ce niveau, la suite est strictement réservée au pharaon et aux prêtres. C'est incroyable qu'on puisse la voir ainsi conservée. À notre époque, vous ne verriez que les fondations et les bases de ces colonnes, dit-il avec regret.

Pour une fois, Emma et Axel écoutaient Mehdi sans l'interrompre. Ce voyage en Égypte antique constituait un privilège à certains égards : personne au XXIe siècle ne pouvait avoir accès à ces sites en si bon état.

– Si on continue, on accède au sanctuaire et…, dit Mehdi.

– Chut ! fit Axel. J'entends du bruit !

Ils se cachèrent derrière une colonne aussi vite qu'ils le purent. Emma mit la main sur la gueule de Bolt, pour lui intimer le silence. Du coin de l'œil, ils virent deux hommes entrer. L'un d'eux parlait d'une voix mielleuse :

– Ô Rottwangiris, mon grandissime vizir, réincarnation vivante de Seth. Voici les plans de la pyramide que j'ai dérobés à l'architecte.

Un rire diabolique résonna dans le temple.

– Ha ! ha ! mon cher Anti. On ne m'avait pas menti sur vos talents. Vous êtes si discret et efficace que je referai appel à vous pour mes futurs forfaits !

17. ***Seth** est le dieu du Mal et de la Violence.*

Cette voix… Les adolescents l'avaient entendue des centaines de fois. Impossible… Se pourrait-il que… Ils prirent chacun le risque de regarder de plus près la scène. Et hallucinèrent ! Au côté du balafré repéré à la procession se tenait leur principal, M. Rottwang !

Exit le costume trois pièces. Bonjour la tenue des nobles égyptiens : **pectoral**[18] sur le torse, perruque sur la tête, bracelets en lapis-lazuli, et même du maquillage autour des yeux.

Emma paniqua :

– Mais que fait-il ici ?! Il n'a quand même pas remonté le temps pour le plaisir de me mettre une heure de colle en Égypte antique ?!

La conversation reprit :

– Et ce chien d'Imhotep, vous l'avez neutralisé comme prévu ?

– Ne vous en faites pas : il est bel et bien enfermé dans sa pyramide. Il n'est pas près d'en bouger avant un bout de temps. Il y mourra sous peu dans d'atroces souffrances, parole d'Anti.

Rottwang, version égyptienne, lança à l'adresse de son complice :

– Allons mettre ces plans en lieu sûr chez moi !

Puis il brandit triomphalement le poing :

– Et nous irons célébrer ça, c'est moi qui régale ce soir !

Anti et le vizir sortirent du temple, sans se douter que notre petite troupe les avait pris en filature. Mamet avait

18. *Un* ***pectoral*** *est un bijou porté au niveau de la poitrine.*

donc bien raison : Rottwang, droit comme la justice, incollable sur le règlement intérieur, était passé du côté obscur pour servir le mal.

– Mamet nous doit des explications, souffla Mehdi, que fait notre principal en Égypte antique, à comploter contre l'architecte Imhotep ? Nous savions que Rottwang créait des délits historiques, mais pas qu'il y participait activement ! C'est une histoire de fou…

Seul Mamet possédait la réponse à cette question. Cette histoire se compliquait d'heure en heure ! Récupérer un architecte kidnappé et ses plans, pourquoi pas ? Mais que Rottwang s'invite dans l'aventure, c'était une autre histoire. Il leur faudrait redoubler de vigilance.

Après quelques rues, ils arrivèrent devant la maison de Rottwangiris que surveillaient deux gardes, munis de lances, l'air patibulaire. Le simple pagne qu'ils portaient permettait de voir leurs abdos taillés comme des tablettes de chocolat.

Rottwangiris les salua, et entra dans sa demeure avec Anti. Quelques minutes plus tard, Rottwangiris et son acolyte ressortirent, cette fois-ci les mains vides. Les plans se trouvaient à l'intérieur de la maison, à portée de main. À un détail près : les deux gaillards qui montaient la garde.

Axel prit la parole :

– Je ne sais pas pour vous, mais j'ai l'impression qu'on est dans une impasse…

Emma, elle, semblait sereine. Elle avait une carte maîtresse qu'elle n'avait pas encore jouée.

– Bolt, c'est le moment ! dit Emma. Tu vas faire diversion. Tu te souviens de notre numéro pour tante Augustine ? Tu fais un carton à chaque fois. Ne fais pas ton timide. En piste, l'artiste !

Bolt s'avança à contrecœur vers les deux hommes et commença son petit spectacle, qui devait les distraire de longues heures de garde soporifique. Le bouledogue se dressa sur ses pattes arrière et se mit à applaudir des deux pattes avant. Se tourner en ridicule dans un vulgaire numéro de cirque ! Un chien de sa classe !

Les gardes, facilement distraits par le numéro, relâchèrent leur vigilance et s'éloignèrent de la porte pour s'approcher de l'animal.

– C'est parti, chuchota Emma. Suivez-moi !

Ils s'avancèrent à pas de loup jusqu'à la porte et se retrouvèrent dans les appartements du vizir. Autour d'eux, des tentures pourpres aux fenêtres, des statues en or, un lit sculpté par les ébénistes de Memphis… Quel faste ! Mais où pouvaient bien être ces fichus plans ?

Ils se mirent à fureter dans tout le palais. Dans les poteries, sous un tapis, derrière le lit… Soudain, Mehdi souleva un drap, dévoilant une caissette en or, cadenassée. Et si… ?

– L'un d'entre vous s'y connaît en serrures ? demanda Mehdi.

Axel s'approcha, sûr de lui.

– Laisse faire l'artiste.

Il attrapa une barrette dans les cheveux d'Emma et s'activa sur la serrure… qui s'ouvrit ! Les plans étaient bien là !

– Impressionnant, mais où t'as appris ça ? lâchèrent Emma et Mehdi en même temps.

– Si vous êtes sages, un jour je vous raconterai, leur répondit-il malicieusement.

Axel glissa les plans dans la doublure de son pagne. Les adolescents, sur le point de repartir, entendirent une voix résonner à l'extérieur :

– Je vous paye pour garder mon palais. Pas pour vous divertir devant ce cabot stupide. La prochaine fois, vous serez fouettés.

– Pardonnez-nous, Vizir. Qu'Osiris nous en soit témoin, personne n'a franchi le seuil de votre demeure.

C'était la panique à bord.

– Ils reviennent ! Cachons-nous ! ordonna Axel en se glissant sous le lit.

À peine le temps pour Mehdi de se précipiter dans un placard et Emma derrière une tenture que la porte s'ouvrit.

– Avoir oublié ses **graines**[19], c'est quand même bête quand on veut célébrer et boire jusqu'à plus soif, plaisantait Rottwangiris.

Il s'arrêta net en voyant le petit coffre sur son bureau, ouvert et vide.

– La caissette !! hurla-t-il. Les plans ! Où sont-ils ?

19. *Les Égyptiens ont longtemps pratiqué le troc des marchandises dans la vie courante. Les vivres et les salaires étaient souvent évalués en sacs de* ***céréales****. Le sac de graines de Rottwangiris sert donc de monnaie.*

Anti ferma immédiatement la porte. Trop peu de temps s'était écoulé depuis leur départ, les voleurs ne pouvaient pas être bien loin. Il regarda sous le bureau, dans la salle de bains. Puis se rapprocha de la tenture derrière laquelle se cachait Emma… sans penser à la soulever. Ouf !

Les voleurs semblaient avoir pris la fuite. Bouillant de rage, Rottwangiris jeta un pot rempli d'épices contre le mur. Les épices se dispersèrent dans l'air jusqu'aux narines de la jeune fille…

– … ATCHOUM !

Anti se précipita sur Emma et la maîtrisa facilement, malgré ses gesticulations véhémentes.

– Non ! s'écria Mehdi. Lâchez-la ! Il sortit du placard en trombe et fonça sur Anti.

– Courez ! cria Emma. Sauvez-vous vite !

Axel bondit hors de sa cachette. Il essaya lui aussi de faire relâcher Emma en esquissant quelques prises de judo. En pure perte : Anti lui opposait une montagne de muscles ! Les attaques d'Axel ? De vagues chatouillis tout au plus…

Quatre hommes armés jusqu'aux dents débarquèrent ; ils ceinturèrent Axel et Mehdi sans ménagement. Ils étaient cuits. Axel regarda Bolt, qui s'échinait en vain sur la jambe d'Anti, et il le siffla :

– Bolt, à toi ! dit Axel en lançant les plans en l'air.

Bolt les attrapa en plein vol et courut avec la rapidité de l'éclair.

– Non ! s'écria Rottwangiris, les plans !

Trop tard. Bolt n'était déjà plus visible, la nuit l'avait avalé. Emma poussa un soupir de soulagement : au moins, Bolt avait pu leur échapper.

– Qu'est-ce qu'on fait des gosses, vizir Rottwangiris ? questionna Anti.

– À votre avis ? dit le vizir en regardant attentivement Mehdi, Axel et Emma. Les enfants tremblèrent : allait-il les reconnaître ?

– Cette racaille ne mérite rien d'autre que la mort par crocodile ! Et sans délai : je veux qu'ils poussent leur dernier soupir dès que **Rê**[20] reviendra de son voyage.

Puis, il leur murmura, sur un ton à glacer le sang :

– J'ai peut-être perdu les plans de la pyramide, mais vous, c'est votre vie que vous allez perdre. Gardes, jetez-les aux crocodiles !

20. ***Rê**, le dieu soleil, traversait toute une série d'épreuves durant les douze heures de la nuit pour pouvoir renaître chaque matin.*

Chapitre 8

Le maître des crocodiles

Quelques minutes plus tard, ils se trouvaient dans une des cellules de la prison du temple. Une humidité poisseuse collait à leurs vêtements.

– On est foutus ! se lamenta Axel. Comment va-t-on sortir de ce trou à rats avant demain matin ? Et Adjib qui compte sur nous… Impossible de lui ramener son père si on se fait avaler par les crocos avant ! On est vraiment nuls… Des nuls qui vont servir de repas aux crocos.

– Ne désespérez pas, les enfants.

M. Mamet venait d'apparaître.

– Professeur ! Je n'ai jamais été aussi content de vous voir ! s'exclama Axel. Je suis sûr que vous avez la solution pour nous sortir de ce cachot puant. Alors quoi, y a un passage secret, une trappe mystère quelque part ?

Mamet eut l'air embarrassé.

– Pas... pas vraiment, non.

Emma en avait entendu assez :

– Pas vraiment ? On peut savoir à quoi vous nous servez alors ? J'en ai marre de cette mission !

Mehdi surenchérit :

– C'est vrai, professeur. Je vous aime bien, mais vous ne nous avez pas bien briefés. C'est comme Rottwang en vizir tout à l'heure ! Vous ne nous aviez pas prévenus qu'il serait là en personne !

– Je ne m'y attendais pas moi non plus, répondit Mamet. Nous avons fait des recherches avec IANA. Vraisemblablement, Rottwang a créé un avatar égyptien qui réalise ses plans machiavéliques. On essaie de comprendre comment il a bien pu s'y prendre. IANA est sur le coup.

– C'est pas bientôt fini, ce raffut ?! gronda une voix d'homme.

L'hologramme de Mamet se volatilisa en un instant.

Un homme corpulent apparut à la porte de leur prison. Le pagne ne flattait pas vraiment sa silhouette, son ventre débordait du vêtement. Il portait un imposant pectoral fait d'or et de turquoise sur lequel était représenté Sobek, le dieu des crocodiles. Ses yeux lançaient des éclairs menaçants. Emma, Axel et Mehdi se retranchèrent au fond de la cellule, terrorisés par cette vision.

– Vous êtes qui, vous ? demanda Emma d'une voix chevrotante.

– Sobekemsaf, maître des crocodiles. Je m'occupe de ceux qui vont vous croquer demain ! Mes petits protégés sont super entraînés et ils adorent entendre les supplications de leurs victimes avant de leur asséner le coup fatal... Mais, pour être au mieux de leur forme, ils ont besoin de sommeil. Alors, taisez-vous ! Vous feriez mieux de garder votre souffle pour prier les dieux d'être indulgents. Parce que mes crocodiles, eux, ne le seront pas...

À ces mots, les trois prisonniers frissonnèrent. Le matin n'était plus très loin, leur dernière heure se rapprochait dangereusement.

– Enfin, si ma Fayoum, dite « Mâchoire d'acier », veut bien retrouver l'appétit. Elle n'a mangé personne depuis deux semaines... C'est une tragédie ! continua Sobekemsaf.

La colère avait disparu de son visage, laissant place au désespoir :

– Moi qui l'ai biberonnée au sang des meilleurs esclaves, qui ai été témoin de ses premiers carnages...Elle n'a plus un regard pour moi. Fayoum, ma protégée, ma meilleure des crocos, ma plus fidèle compagne... pourquoi ?

Et il éclata en sanglots.

Emma avait compris qu'il y avait une faille chez leur geôlier.

– Arrêtez de pleurer, lui dit-elle d'une voix douce. On peut vous aider peut-être ? J'ai un bon *feeling* avec les animaux. Et en plus je suis diplômée : j'ai mon BAC !

– Le BAC ? interrogea le geôlier en levant un sourcil.

– Le brevet d'aptitude aux crocodiles, voyons !

– Mais qu'est-ce que tu racontes ? se moqua Mehdi. Le BAC, c'est le diminutif de… Ouch !

Axel venait de lui donner un coup de coude dans les côtes. Emma avait une idée derrière la tête, ça se voyait…

– Tout le monde n'a pas la sensibilité qu'il faut pour l'avoir du premier coup, se retourna Emma, fusillant du regard Mehdi. Il est jaloux parce qu'il est arrivé bon dernier à l'épreuve pratique : il s'est évanoui dès qu'il les a vus dans leur enclos.

– Ça ne m'étonne pas, il n'a pas l'air très intelligent, rétorqua Sobekemsaf.

– QUOI ? Sachez, monsieur, que… Axel redonna un coup, plus marqué cette fois-ci, et la phrase de Mehdi se termina dans un cri aigu. Vexé, il se drapa alors dans sa dignité bafouée : Emma allait payer cet affront ! Enfin, s'ils s'en sortaient…

– Tu saurais comment faire retrouver l'appétit à Fayoum ? reprit Sobekemsaf.

– Bien sûr ! Je peux la voir ?

– Attends un peu, tu ne serais pas en train de me rouler dans la farine, toi ? Donne-moi une bonne raison de te faire confiance.

– Testez mes connaissances ! Vous verrez bien si je suis calée en crocos.

Mehdi était livide. Leur sort dépendait des connaissances d'Emma. Ils étaient faits.

– OK, on va voir ça. Combien de dents a un crocodile? interrogea le maître des crocodiles.

– Entre 40 et 80, répondit immédiatement Emma.

– Pas mal… Comment les crocodiles attaquent-ils leurs proies?

– Ils les capturent grâce à leur mâchoire et les noient en les emportant au fond de l'eau.

Axel et Mehdi frissonnèrent à cette pensée: voilà donc ce qui les attendait? Quelle mort affreuse! Ils se recroquevillèrent au fond de la cellule, se serrant l'un contre l'autre.

– Bravo c'est bien ça. Maintenant ma question préférée, dit Sobekemsaf avec un sourire sadique, combien de temps un crocodile peut-il rester sous l'eau?

Emma murmura pour elle-même:

– Mince, qu'est-ce que j'avais lu déjà?

Suspendus à ses lèvres, Mehdi et Axel désespéraient. Emma n'y arriverait pas, c'était la fin.

– Jusqu'à deux heures pour certaines espèces! s'écria Emma.

Sobekemsaf se figea. Elle venait de donner la bonne réponse.

– C'est exact… Tes connaissances sont parfaites. Tu as gagné le droit d'examiner ma Fayoum. Mais, au moindre coup fourré, c'est le cachot illico.

Le maître des crocodiles les mena jusqu'à une grotte aménagée en enclos, où se reposaient cinq bêtes.

– Voici Fayoum, pointa du doigt Sobekemsaf.

– Magnifique ! flatta Emma. Ces yeux vifs, ces écailles d'un vert impeccable, ces... ces... mâchoires ! Belles mâchoires vraiment.

Devant l'odeur répugnante, Emma se dit que l'invention du dentifrice était une vraie révolution. Sobekemsaf reprit :

– Regardez-la, prostrée dans son coin. Pharaon m'a prévenu. Il ne veut pas nourrir de mâchoires inutiles. Si ça continue comme ça, il va me demander de l'éliminer. Rendez-vous compte ! Tuer ma douce princesse sanguinaire ! Je ne pourrais jamais m'y résoudre.

Axel et Mehdi surjouèrent la compassion : « Ah ! c'est dur, quelle tristesse ! »

Seule Emma restait professionnelle :

– Bon, au vu des symptômes, je crois déjà comprendre ce qui pourrait être la cause de son isolement. Vous pouvez tenir les autres à distance pendant que je m'approche d'elle ?

– Emma ! T'es sûre de toi ? C'est risqué quand même..., s'inquiéta Axel.

Sobekemsaf se pencha vers Emma :

– Lui aussi, il a raté le BAC ?

– Avant-dernier.

– Vas-y, petite, je m'occupe des autres. YAAAA, cria-t-il en faisant claquer son fouet, allez Broyeur, Cannibale, Déchiqueteur, Pupuce, laissez-la passer.

Le souffle court, les deux garçons regardèrent Emma s'avancer avec précaution vers Fayoum « Mâchoire d'acier ». Faites qu'elle s'en sorte !

Emma se concentrait. Elle se remémorait le jour où elle avait accompagné son vétérinaire de père au zoo de Vincennes pour soigner un alligator victime d'indigestion alimentaire. Elle en avait profité pour lui poser tout un tas de questions sur les reptiles.

Fayoum la regardait avec méfiance. Au moindre geste brusque, l'animal l'attaquerait sans hésiter. Elle fit donc bien attention à bouger lentement, maîtrisant ses gestes. Elle posa d'abord sa main sur la gueule du crocodile, pour qu'il s'habitue à son odeur. Pendant quelques minutes, Emma et Fayoum ne se lâchèrent pas du regard. Peu à peu, elle sentit la bête se détendre, et accepter sa présence. Fayoum, apaisée, se laissa caresser par la jeune fille.

– Incroyable, souffla Axel, Emma est vraiment étonnante !

– Oui, c'est le mot, concéda Mehdi, étonnante…

Emma ne les entendait pas :

– Bon, maintenant qu'on est copines, laisse-moi voir ton ventre de plus près, chuchota-t-elle au crocodile en levant une de ses pattes arrière. Elle palpa l'abdomen de l'animal d'un air concentré : bingo ! J'avais raison !

– Alors ? demanda un Sobekemsaf angoissé. Qu'est-ce qu'elle a ? C'est grave ? Elle va s'en sortir ?

– Rien de grave, je vous rassure. Fayoum, votre bébé, a bien grandi. Elle est enceinte : c'est pour ça qu'elle s'est isolée des autres mâles du groupe.

– Fayoum ? Enceinte ?! Mais son ventre n'a même pas grossi...

– Elle n'en est qu'au tout début de sa grossesse. Mais mon examen est formel. Votre Fayoum va être maman.

Le maître des crocodiles exulta :

– Ma Fayoum ! Mon trésor ! Je vais élever ses descendants.

Il serra Emma si fort dans ses bras qu'elle faillit étouffer.

– Je ferai en sorte qu'ils soient encore plus redoutables que leur mère !

– Oui, oui, c'est génial, tout le plaisir est pour moi. Vous pouvez me lâcher maintenant ?

– Oh ! bien sûr ! Je m'emballe ! Je ne sais pas comment vous exprimer ma gratitude !

– Nous on a une idée..., intervint Axel. On est déjà sortis de notre cellule, on n'est pas obligés d'y retourner... Si vous voyez ce que je veux dire ?

Sobekemsaf prit quelques instants de réflexion. Puis il se retourna avec un sourire et désigna Emma :

– En l'honneur de votre amie, je vous rends la liberté. Vous lui devez une fière chandelle. Je ferai croire aux gardes que vous m'avez assommé. Maintenant, filez vite avant que je ne change d'avis ! Remontez ce couloir. Au bout se trouvera une porte, vous ne serez alors plus très loin de la sortie. Bon vent à vous : qu'Hathor vous guide !

Ils détalèrent sans demander leur reste. Bien vivants.

Enfin libres ! Emma, Axel et Mehdi aspiraient à grandes gorgées l'air du matin. Ils regardèrent autour d'eux. Le couloir les avait menés non loin de l'allée des sphinx qu'ils avaient empruntée pour aller au temple.

– J'avoue que j'ai douté de notre réussite dans cette cellule pourrie, mais une bonne étoile doit certainement nous guider, souffla Mehdi.

– Ça, ou bien tu peux me remercier d'être allée dans la fosse aux crocos ? tacla Emma.

– Je préfère la bonne étoile, elle ne me crie pas dessus, elle au moins.

– Bon, les relous, vous avez fini ? Maintenant qu'on s'est sortis de cette prison, on pourrait peut-être envisager de terminer la mission ? tempéra Axel. Emma, t'as assuré : j'aurais même donné ma guitare pour rester derrière la barrière. J'avais la chair de poule ! Mehdi ne te le dit pas, mais il a été impressionné lui aussi.

Mehdi ne réagit pas et fit semblant de regarder ailleurs. Cela suffit à Emma pour se calmer.

– Bon, concentrons-nous, dit-elle. On est sauvés, mais on n'a toujours pas les plans : il faut retrouver Bolt. Où donc a-t-il bien pu aller se cacher ?

– Vous pouvez me le demander, dit une voix derrière eux.

Ils se retournèrent. Adjib leur faisait face, tout sourire, les plans à la main. Bolt se tenait à ses côtés, fier de lui.

– Adjib !! Tu nous as collé une de ces frousses !

Ils se précipitèrent vers leur ami pour le serrer dans les bras. Axel était tout content de revoir le jeune garçon :

– Comment nous as-tu retrouvés ?

– Bolt est venu me chercher dans la nuit, les plans dans la gueule. J'ai tout de suite compris que les choses ne s'étaient pas passées comme prévu. J'ai donc essayé de pénétrer dans le quartier du temple. Ça m'a pris quasiment la nuit pour trouver un passage. Les scribes sont partis faire leur toilette au petit jour, j'en ai profité pour rentrer et, quelques pas plus tard, je tombe sur vous. Chai, le dieu du Destin, m'a guidé !

– C'est inespéré ! sourit Emma. Bravo pour ton courage ! Et bravo mon Bolt, tu es la star du jour ! Tu auras double ration de croquettes à notre retour !

Ils déroulèrent fébrilement les papyrus. Là, l'itinéraire jusqu'au chantier. Ici, un plan détaillé des salles et couloirs de la pyramide. Grâce à eux, ils pourraient s'orienter et secourir Imhotep sans se perdre.

À y regarder de plus près, un étrange homme à tête de chien attira l'attention d'Adjib :

– C'est Anubis, le chien qui accompagne les morts.

– Ce doit être là que mon père est retenu.

– Oui, ça semble logique, renchérit Emma.

– Vous êtes sûrs ? répliqua Mehdi. Pas de conclusions hâtives. Laissez-moi examiner ça de plus près…

Mehdi tendit la main vers le plan quand il fut arrêté net dans son mouvement. Une voix furieuse retentit soudainement :

– Ce satané chien et les plans sont introuvables !

C'était Rottwangiris, accompagné du balafré. Sauve qui peut ! Ils se dissimulèrent derrière un petit muret.

– Attelle mon char et prends les meilleurs chevaux. Me faire dépouiller dans ma propre demeure, quelle humiliation !

Anti tentait de calmer son maître par des paroles réconfortantes :

– Rassurez-vous, les crocodiles se chargeront de leur faire payer leur affront. Puissent leurs cadavres apaiser votre courroux.

– Mais comment être certains qu'ils n'ont pas d'autres complices ? À l'aide des plans, ils peuvent sauver Imhotep… Il faut maintenant s'assurer de la mort de ce chacal puant.

– Rassurez-vous, Maître : l'architecte doit déjà avoir rejoint **Osiris**[21] à l'heure qu'il est. Je vous rappelle que nous l'avons enterré vivant. Comment imaginer qu'il ait pu survivre ?

Adjib laissa alors échapper un gémissement. Des larmes roulèrent silencieusement sur ses joues. Il serra les poings, tremblant de rage et de tristesse :

– Que Maât, déesse de la justice, m'en soit témoin, ils ne l'emporteront pas aux champs d'**Ialou**[22] ! murmura-t-il.

21. *Dans la mythologie égyptienne,* ***Osiris*** *est le dieu qui règne sur le monde des morts.*

22. *Les champs d'****Ialou*** *désignent le paradis des Égyptiens.*

– Si tu le dis, reprit Rottwangiris, mais je ne crois que ce que je vois. Je veux m'assurer du trépas de ce chacal. S'il devait s'en sortir vivant, je ne donne pas cher de ma peau. Pharaon ne me pardonnera jamais d'avoir entravé la construction de son tombeau. Il faut faire vite !

– Hélas, Maître, les dieux ne sont pas avec nous. C'est jour de chasse royale aujourd'hui : tous les bons chariots ont déjà été réquisitionnés. J'ai bien peur que le seul attelage disponible ait une roue cassée. Il pourra tenir l'aller je pense, mais je ne garantis pas le retour.

– Par Anubis, enragea Rottwangiris, quel sale temps pour les méchants ! Tant pis, on s'en contentera. Tu me porteras sur ton dos si on termine à pied.

Anti, peu enthousiaste à cette idée, monta à côté du vizir. Un nuage de poussière s'éleva dans le ciel. Le char de Rottwangiris et d'Anti se dirigeait vers la pyramide. La crinière des chevaux s'agitait dans tous les sens sous les coups de cravache du vizir.

Axel, Mehdi, Emma et Adjib se relevèrent doucement, secoués par la conversation qu'ils venaient d'entendre.

Axel consola Adjib :

– Sèche tes larmes et ne perds pas espoir. Nous allons tenter d'arriver avant ces odieux personnages et de déjouer leur dessein. Par contre, on va avoir besoin de renfort… Il faut prévenir Pharaon.

– Mais comment faire ? Il n'y a que les dignitaires qui peuvent s'entretenir avec lui, se désespéra Adjib. Si seulement j'avais écouté ma mère et fait des études de scribe, je pourrais lui rédiger un message…

– Mais moi j'ai les bases. Mon papyrus ! s'exclama Mehdi. Si tu arrives avec une requête écrite au palais royal, on te laissera entrer sans problème.

– Et ton message, tu l'écris avec quoi ? lui demanda Axel.

Adjib pointa du doigt une petite bâtisse :

– Ce bâtiment-là, c'est l'école des scribes. On trouvera une plume et des pierres d'encre pour écrire.

Aussitôt dit, aussitôt fait. Mehdi écrivit un texte le plus rapidement possible avec les quelques rudiments qu'il connaissait : un cobra pour le « d », une chouette pour le « m », une bouche pour le « r »… Il obtint quelques minutes plus tard le message suivant : *Venez vite… pyramide, Je… danger mort. Imhotep.* Il le tendit à Adjib.

– Bonne chance à vous mes amis. Que Rê nous vienne en aide !

Le jeune Égyptien partit aussi vite qu'il le put en direction du palais. Mais il restait un problème. Comment Emma, Mehdi et Axel allaient-ils arriver avant Rottwangiris à la pyramide ?

Chapitre 9

Surf sur le Nil

Le cerveau des adolescents tournait à cent à l'heure. Emma aperçut au loin un bel alezan conduit par son palefrenier.

– Les écuries royales ! C'est la seule solution. On va leur demander s'ils peuvent nous dépanner de trois chevaux.

– Ben voyons! se moqua Mehdi. Tu crois vraiment que pour tes beaux yeux on va te laisser monter les pur-sang du pharaon ? Je te rappelle qu'il s'agit du haras royal quand même ! Aux dernières infos, tu n'es ni reine ni princesse à ce que je sache. En plus, tu as entendu Anti. C'est jour de chasse aux lions. Tous les chevaux doivent être réquisitionnés.

– Eh bien, tu proposes quoi, monsieur-je-sais-tout ? Je parie que tu ne sais même pas monter un poney. Même un shetland…

– Le Nil !!!

Le cri d'Axel les déconcerta.

– Quoi, le Nil ? Tu penses que c'est le bon moment pour aller faire trempette ? On discute sérieusement là, protesta Mehdi.

– Mais non, t'as rien compris : LE NIL ! Il faut se servir du fleuve sacré pour rejoindre la pyramide. Nous serons bien plus rapides sur l'eau que sur terre.

– Et tu comptes avancer comment ? Le vent est tombé. Moi je ne rame pas, je vais me faire des contractures aux biceps.

– Des biceps ?! Ne parle pas de ce que tu ne connais pas, dit Emma.

– Ne t'inquiète pas, modéra Axel. J'ai ma petite idée. Suivez-moi. Il désigna du doigt trois planches de bois. On va faire du surf !

Nos trois aventuriers se trouvaient près de la rive, leur planche de surf improvisée chacun sous le bras. Ni une, ni deux, Emma se jeta à l'eau, Bolt calé sur ses épaules.

Le chien n'était pas sûr d'apprécier la balade. Il s'accrochait désespérément au cou d'Emma pour parer aux secousses de l'embarcation. Lui qui avait toujours rêvé de s'offrir une croisière sur le Nil… Il était servi.

Dans son élément, Emma évoluait avec agilité sur le fleuve, tel **Kelly Slater**[23] dans un tube à Tahiti. Une fois debout, elle trouva assez facilement le point d'équilibre.

Pour Axel, rien de bien compliqué, c'était comme du skate aquatique. De temps en temps, il prenait la pose d'un

23. ***Kelly Slater*** *est une légende vivante du surf, 11 fois champion du monde !*

rockeur, en plein numéro d'air guitar. D'ailleurs, organiser un concert devant les pyramides, voilà une idée à creuser… Il faudrait qu'il en parle au manager de son groupe, les Dirty Snakes ; enfin… quand il en aurait trouvé un.

Si le succès était au rendez-vous pour ces deux habitués des sports extrêmes, inutile de préciser que pour Mehdi, c'était plus compliqué ! Il se lança timidement, allongé sur le bout de bois. Après tout, c'était pas si difficile que ça… Avec un peu d'entraînement, il serait bientôt à la hauteur de ces deux sportifs de pacotille.

Gagnant en assurance, il tenta de se relever. Mal lui en prit… Il perdit l'équilibre, tomba à l'eau et réussit in extremis à agripper son embarcation. Gloups, gloups… il enchaînait les 360 ° dans l'eau boueuse, incapable de refaire surface. Finalement, il se stabilisa, adoptant une technique de surf très personnelle : à la remorque de sa planche…

Axel, lui, ne se souciait pas de ce qui se passait derrière lui. Il fonçait bille en tête, grisé par la vitesse. C'était dément ! Il prenait un pied pas possible, filant comme l'éclair. Youhou !!! Mais, ils allaient trop vite là, non ? Quelque chose clochait.

Le débit du fleuve s'accélérait à tel point qu'il avait maintenant du mal à contrôler sa planche. BING ! Tout d'un coup, il heurta une pierre, puis une deuxième. Un bruit sourd arriva à ses oreilles. Devant lui, le vide. Une cataracte !

Il se retourna pour prévenir les autres et hurla :

– Attention les secousses !

Mehdi et Emma blêmirent. Ce n'était pas au programme ! Impossible pour eux de faire demi-tour, le courant était bien trop fort. Ils allaient finir écrabouillés contre les rochers.

Emporté par l'immense chute d'eau, Axel disparut sous leurs yeux, exécutant un saut de l'ange. Puis ce fut le tour d'Emma et de Bolt. Bon dernier, Mehdi murmurait en claquant des dents :

– Si je m'en sors, je promets d'être gentil avec ma sœur. Et même avec cette grande cruche de Parson, se jura-t-il. Il ferma les yeux, croisa les doigts et remit son avenir entre les mains de Hâpy, le dieu du Nil. Son corps bascula dans le vide, faisant un gros plat à l'arrivée. Splash ! Il fut immédiatement englouti par les remous de la cascade.

Son baptême de plongée en apnée se révélait particulièrement rude. Impossible de respirer et d'ouvrir la bouche, ses poumons allaient éclater… Miracle, les turbulences cessèrent. Vite, utiliser ses dernières forces pour remonter à la surface ! Il sortit la tête de l'eau, complètement rincé. Mais sain et sauf.

Un colis inattendu s'était échoué sur sa tête. Pas inquiet pour un sou, Bolt profitait de l'instant pour prendre un bain de soleil…vite écourté. Mehdi l'expédia au loin d'un air agacé. Plotch ! Il n'y a pas marqué « transat » sur son front.

Au loin, sur la rive, Emma et Axel lui adressaient de grands signes. Mehdi les rassura : le cerveau de la bande était encore en état de marche. Mais ils se mirent à gesticuler frénétiquement et à hurler des mots incompréhensibles.

– Parlez plus fort, j'ai de l'eau plein les oreilles! Sans doute un début d'otite, en plus je ne suis pas vacciné contre la peste et le choléra et …

– Un c-r-d---le!

– PLUS FORT!

– UN CROCODILE DERRIÈRE TOI!

– Un quoi? Si c'est une blague, elle n'est pas drô…

Mehdi se retourna et vit le reptile sortir de sa cachette. L'animal ne laissait que son museau dépasser hors de l'eau. Sa progression était lente et circulaire. Mehdi semblait tétanisé. Le «maître des eaux» encerclait sa proie, et se rapprochait au fur et à mesure. Mehdi pouvait voir distinctement ses deux yeux jaunes, qui le fixaient goulûment. Et surtout ses immenses dents. Tout à coup, le crocodile passa à l'attaque: il se rua sur le jeune garçon la gueule ouverte.

– Mehdi, ATTENTION, hurla Emma. La jeune fille lança de toutes ses forces son bâton. La chance? Le talent? Ses heures passées à jeter et à rattraper les rubans en **GRS**[24]? Allez savoir… toujours est-il que le bâton rentra dans la geule du monstre aquatique.

La gorge obstruée par le bout de bois, l'animal s'agitait dans tous les sens. Il plongea au fond de l'eau sans demander son reste. Mehdi s'empressa de rejoindre la terre ferme.

24. ***Gymnastique rythmique et sportive***.

– Vous n'aviez pas besoin d'intervenir, dit Mehdi, tentant de faire bonne figure. Je contrôlais la situation. Même si je comprends votre empressement à me sauver, car sans moi, la réussite de cette mission serait largement compromise. Enfin, merci quand même, conclua-t-il en enlevant les algues de ses cheveux.

Emma resta coite devant tant de mauvaise foi. Quel toupet ! Axel désigna du doigt quelque chose dans leur dos :

– Regardez !

La pyramide en construction se dressait devant eux, imposante, à une centaine de mètres. Pas de Rottwangiris en vue. Le plan d'Axel avait marché !

Chapitre 10

Pris au piège

Au pied de la pyramide inachevée, la bande contemplait l'édifice majestueux. Les rayons de soleil léchaient les blocs de pierre. Le temps semblait suspendu. Le désert s'étendait à perte de vue. Un vrai décor de carte postale. Mehdi en profita pour briser le silence et déballer sa science.

– Savez-vous qu'au cœur de cette pyramide il y a un mastaba, c'est-à-dire un édifice funéraire servant de sépulture aux pharaons. Imhotep a construit par-dessus ce mastaba la première pyramide à degrés. Elle symbolise un immense escalier vers le ciel, comme pour rejoindre les dieux.

– Oui, en résumé, une tombe géante, répondit Axel.

– Trêve de bavardages, on n'est pas venus pour faire une conférence sur l'Égypte et ses sarcophages, rouspéta Emma.

– Mais comment pouvez-vous rester insensibles devant ce joyau architectural ? s'indigna l'égyptologue en herbe.

– C'est palpitant, coupa sèchement la jeune fille. Tu nous feras un joli exposé quand nous serons rentrés. Pour le moment, je fais le GPS ! Direction la tête d'Anubis indiquée sur le plan. Rottwangiris a dit qu'il avait enterré vivant le père d'Adjib. C'est forcément là que se trouve Imhotep.

– Tu vas trop vite. Regarde, il y a des annotations sur le côté. Elles ont été un peu effacées après notre bain dans le Nil. On dirait comme un message ou des indications laissés par l'architecte… Laissez-moi quelques minutes pour les déchiffrer.

– Il n'y a plus une seconde à perdre si on veut retrouver le père d'Adjib vivant, insista Emma. Sinon, notre mission sera un échec. Et puis je te rappelle que Rottwangiris et son complice risquent d'arriver d'une minute à l'autre. Tu feras la traduction au retour si ça te fait plaisir.

Emma et Axel partirent au pas de course et se faufilèrent entre les échafaudages. Avant d'entrer dans la pyramide, ils se saisirent de torches et de gourdes laissées là par les ouvriers.

Bolt suivait de près sa maîtresse. Seul Mehdi traînait derrière. Et pas seulement parce qu'il était moins rapide que les autres. Mehdi, cette fois, se sentait vexé. Personne ne l'écoutait et tout le monde se moquait de lui. Même Bolt semblait plus important pour eux dans cette aventure. Il valait moins qu'un chien à leurs yeux !

Les larmes commençaient à brouiller sa vue. Mais il les ravala. Peu importe s'il se croyait déconsidéré, l'Histoire, avec un grand H, l'attendait. Et avec elle, le plus grand architecte de tous les temps.

Medhi lui aussi saisit une torche à l'entrée de la pyramide et rattrapa les autres tout en laissant malgré tout une certaine distance. Emma filait en tête, la carte entre ses mains. Elle semblait sûre d'elle. Droite, gauche, tout droit… Surtout faire attention aux bifurcations. Droite, gauche, puis droite…

Emma, essoufflée, demanda à faire une pause. Sa respiration devenait de plus en plus saccadée. Il faisait si chaud… Des gouttes de sueur perlaient sur son front. Le doute s'installait dans son esprit. Avait-elle tourné à gauche au bon moment ?

– Désolée, il faut que je reprenne mon souffle.

– ***Don't worry***[25], la réconforta Axel, tout le monde fatigue un peu, c'est normal. Tiens, prends un peu d'eau de ma gourde. Mets-en sur ta nuque et ton front, ça te fera du bien.

Emma versa quelques gouttes aussi dans la gueule de Bolt, dont la langue commençait à pendre dangereusement. Mais qu'allait-il faire dans cette galère ? En ce qui le concernait, il retournerait bien sur le Nil. Mis à part quelques crocodiles, c'était plutôt tranquille.

Mehdi s'empara de la carte et s'éloigna du groupe. Emma ne s'était pas trompée contrairement à ce qu'elle croyait. Ils se trouvaient bien à proximité de la tête d'Anubis située sur la carte. Pourtant, autour d'eux, aucune trace d'Imhotep. Quelque chose clochait… Mehdi y regarda d'un peu plus

25. *« **Ne t'inquiète pas** » en anglais.*

près. Il reprit sa traduction des annotations en hiéroglyphes qu'Emma avait impoliment écourtée un peu plus tôt.

Les fils de Baba trouveront sous Anubis
mes trésors et un passage vers le royaume d'Osiris.

Les neurones fonctionnaient à plein régime dans le cerveau de Mehdi. Cette phrase sonnait comme une mise en garde. Mais à qui Imhotep s'adressait-il ? Et puis il y avait la référence aux divinités. Baba était un dieu réputé pour voler et trahir… Osiris, lui, était le Dieu des morts… Le vol, les trésors, la mort : peut-être une menace codée destinée aux pillards ? Mais alors…

Mehdi releva la tête et aperçut ses compagnons qui avançaient de quelques pas. Emma, obstinée, ruminait :

– Je ne comprends pas, ça devrait être là, c'est là qu'est indiquée la tête de chien.

Emma se mit à creuser, demandant à Axel de l'aider !

– C'est un piège, hurla Mehdi. Emma, Axel, STOOPP !!!!!

Trop tard, au moment même où Mehdi lançait l'alerte, le sol se mit à trembler et se déroba sous les pieds de ses compagnons. Aspiré par le vide, le tandem fit une chute de plusieurs mètres. Leurs torches s'éteignirent.

Plongés dans le noir, Emma et Axel reprenaient avec peine leurs esprits. Leur corps meurtri les faisait souffrir. Mais rien de cassé. Ils aperçurent un point lumineux briller plus haut. Les têtes de Mehdi et de Bolt apparurent ; ils semblaient très inquiets.

– Vous allez bien ? cria Mehdi. Je vous avais bien dit qu'il ne fallait pas se précipiter.

– Oui, oui, ça va, on est en un seul morceau, le rassura Axel. Encore heureux qu'il y ait eu du sable à l'arrivée. Tu vois quelque chose pour nous remonter, une échelle par exemple ?

– Et pourquoi pas un ascenseur pendant que tu y es ? répondit d'un ton sarcastique Mehdi.

– AAAAhhhhhhhhhh, Axel, il y a quelqu'un derrière toi, s'égosilla Emma.

Axel se retourna et vit la forme d'un corps allongé près de lui. Horrifié, il recula et tomba à la renverse sur le sable. Ses yeux commençaient à s'habituer au noir : c'était un squelette. Les perspectives s'annonçaient peu réjouissantes. Un grand ploc les fit sursauter de concert. C'est quoi ? Un autre squelette ?

– Je crois que Bolt a sauté, leur dit Mehdi. Vous confirmez ?

Emma prit son chien dans ses bras :

– Mais qu'est-ce que tu fais là, Bolt ?

Il aboya tout joyeux en remuant la queue. Ce qu'il faisait là ? Mais quelle question ! Il portait secours à sa maîtresse en danger, voyons !

– Ne vous inquiéquié... ne vous inquiétez pas, lança d'une voix tremblotante Mehdi. Je vais trouver rapidement Imhotep. S'il y a bien un moyen de vous sortir de là, lui seul le connaît.

Emma se sentait gagner par le découragement. Si seulement elle avait écouté Mehdi, ils ne croupiraient pas au fond de ce trou. Tout était de sa faute !

Mehdi partit à toute allure. Tous les espoirs de cette mission reposaient sur lui désormais. Il réfléchit quelques instants. Parcourant à nouveau la carte avec minutie, il découvrit un message rédigé en tout petits caractères. Et ce dernier était pour le moins énigmatique.

Là oû le ka s'envole, nous reposerons pour l'éternité
L'ânkh sera la clé pour m'ouvrir et me libérer
L'amour d'Isis saura me protéger

« Nous reposerons pour l'éternité », « le **ka**[26] »... Toutes ces références à l'au-delà... Voyons, c'est évident. Rottwangiris n'a pas enseveli l'architecte sous la terre. Mais dans un tombeau. Vite, cherchons la salle des sarcophages ! Il aviserait là-bas ensuite.

26. *Dans la religion égyptienne, le* **ka** *est l'ensemble des énergies vitales qui animent les dieux et les hommes.*

À l'aide du plan, il descendit au plus profond de la pyramide via un long tunnel creusé à la verticale et arriva devant la chambre funéraire dont il poussa les portes.

Une vraie caverne d'Ali Baba! Des coffres ornés de diamants, des **vases canopes**[27], des armes recouvertes de pierres précieuses, des instruments de musique, des statues à l'effigie des dieux. Au centre se dressait le tombeau réservé au pharaon Djéser: un sarcophage en bois massif gravé de dorures, qui brillaient d'une lumière irisée.

Je serais prêt à parier mon passage en quatrième que c'est dans ce tombeau que Rottwangiris l'a enfermé, pensa Mehdi. Espérons juste qu'Imhotep respire encore.

Il poussa sur le couvercle de toutes ses forces. Celui-ci ne bougea pas d'un millimètre… il semblait scellé à la tombe. Le découragement envahit Mehdi. Alerte maximale. Il sentait que, pour la première fois de sa vie, il n'atteindrait pas son objectif. La honte souillerait la dynastie des Kaddour. *Réfléchis, bon sang, réfléchis… à tout problème existe sa solution.*

L'ânkh, le souffle, la vie… Se pourrait-il que…? Mehdi se posta devant le sarcophage et prononça cette tirade improvisée, les bras levés vers le ciel:

– Que mon souffle puissant comme le vent du désert brise ce cercueil en deux.

Il gonfla ses poumons et expira de toutes ses forces. Un nuage de poussière s'éleva dans la pièce. Et ce fut à

27. *Un* ***vase canope*** *est une urne funéraire qui contient les entrailles du défunt.*

peu près tout. Heureusement que personne n'avait assisté à ce désastre. Quelle **archouma**[28] ! Il se remit à faire les cent pas dans la pièce, totalement désespéré. Par sa faute, Emma et Axel iraient compléter la collection de squelettes au fond du trou. Soudain, une voix le sortit de ses ruminations morbides.

– Alors comme ça, monsieur Kaddour, on abandonne à la première difficulté !

– Monsieur Mamet !

Il n'en croyait pas ses yeux. Enfin une bonne nouvelle ! Souriant, le professeur – du moins son image – se tenait debout à côté du sarcophage.

– Faisons vite, mon cher Mehdi. La connexion est mauvaise ici et je ne suis pas sûr de rester longtemps avec toi. Dis-moi plutôt où vous en êtes. Je m'inquiète sérieusement pour la santé de notre architecte.

– Selon mes déductions, Imhotep se trouve dans ce sarcophage. Mais impossible de l'ouvrir ! Et puis, je n'arrive pas à comprendre le sens de ces phrases sur le plan. On parle de « ânkh », d'« amour », de « clé »... à vous, je peux le dire : je suis paumé. Et puis en vérité, l'amour, c'est pas ma tasse de thé. Axel s'y connaît bien plus que moi. Pour une fois, il aurait servi à quelque chose.

Mamet tempéra la fébrilité qui gagnait le garçon.

– Du calme Mehdi, commençons par le commencement.

Le professeur relut plusieurs fois le message.

28. *Littéralement « **la honte** » en arabe.*

L'ânkh sera la clé pour m'ouvrir et me libérer
L'amour d'Isis saura me protéger

– Soyons méthodiques : l'ânkh est une image pour symboliser le souffle de la vie. Éliminons immédiatement la possibilité de souffler sur un sarcophage, on n'est pas dans *Indiana Jones.*

– Oui, oui, vous avez raison. Il faudrait être vraiment stupide pour penser à ça, acquiesça Mehdi avec un petit rire nerveux.

– Je poursuis : l'ânkh est un attribut des dieux. Cette **croix ansée**[29]... repr... immori... pierres...

L'enveloppe artificielle de Mamet était en train de se brouiller.

– Attendez, attendez. Ne partez pas. Je n'y arriverai pas seul. Professeur, RESTEZ !

Avant de disparaître, le professeur put glisser quelques mots :

– Ay... confian... vous ! Imhoep doit viv...

Le silence se fit, enveloppant Mehdi dans ses bras. Cette fois, plus personne ne pouvait l'aider. Mais pas question de céder à la panique. Avoir revu son professeur lui avait redonné du courage. Mehdi se posta calmement devant le sarcophage, et passa ses mains tout le long du rectangle boisé. Ses doigts filaient le long des planches comme ceux d'un aveugle sur du braille.

Soudain, ils rencontrèrent des aspérités assez marquées. Il y regarda d'un peu plus près, et le visage de Mehdi s'illu-

29. *La* ***croix ansée*** *représente la vie et l'immortalité chez les Égyptiens. On la retrouve sous forme de hiéroglyphe, mais aussi d'amulette. Au bout de la croix se tient une boucle qui permet de la saisir.*

mina : la forme d'une croix ansée creusée se dessinait sous ses yeux. Comme un réceptacle qui attendait la pièce manquante. Imhotep avait dû mettre en place un mécanisme pour verrouiller ce coffre funéraire.

Il fallait trouver l'ânkh. Elle se trouvait forcément dans la pièce. *L'amour d'Isis me protégera…* Mehdi balayait les murs de sa torche. Au fond se trouvaient trois statues représentant des divinités. Mehdi les observa attentivement. Au centre se trouvait Horus, dieu faucon, protecteur des pharaons portant la double couronne d'Égypte et le **sceptre ouas**[30]. Sur sa gauche, son père Osiris, le fouet et la crosse des bergers entre les mains. Et sur sa droite, sa mère Isis, la déesse magicienne, le visage paisible, tenant dans sa main gauche l'ânkh.

L'insigne sculpté se détachait clairement de la paroi. Il venait de trouver la clé ! Mehdi décrocha l'amulette de la statue et courut l'insérer dans l'empreinte gravée sur le sarcophage. Après plusieurs secondes d'attente insoutenable, un cliquetis résonna dans l'obscurité : le tombeau venait de s'ouvrir. Un corps momifié en surgit.

Vite ! Il déroula aussi rapidement que possible les bandelettes. Le visage de l'architecte apparut livide, au bord de l'asphyxie. Le jeune garçon prit sa gourde et éclaboussa le visage éteint du supplicié. Ses yeux se mirent alors à cligner. Que dieu soit loué, cette ignoble torture n'avait pas eu raison de son dernier souffle ! Délirant, Imhotep réussit à articuler quelques mots.

30. *À l'origine,* ***le sceptre ouas*** *était un bâton à l'extrémité inférieure fourchue, destiné à capturer les serpents pour extraire leur venin. Il symbolise la puissance divine que les dieux transmettent au pharaon.*

– Ô… déesse Maât… pourquoi m'as-tu envoyé dans la gueule d'**Ammout**[31] ?

– Ammout ? C'est vraiment à ça que je ressemble ? Sympa l'accueil. La prochaine fois, je vous laisserai agoniser tranquillement…

L'architecte comprit alors que l'heure du jugement dernier n'était pas encore venue. Il se releva :

– Mais qui êtes-vous ?

– C'est une longue histoire…, sourit malicieusement Mehdi.

31. ***Ammout*** *est un monstre (mi-lion, mi-crocodile) qui dévore le défunt si, lors du jugement dernier, son cœur pèse plus lourd que la plume de Maât.*

Chapitre 11

Du sang sur le sable

Emma et Axel, au fond du trou, se remettaient de leurs émotions et tentaient de trouver une solution pour sortir du piège. La jeune fille prit la parole.

– Dis donc, c'est toi qui fais tout ce boucan ? Tu respires comme un bœuf. Me dis pas que tu fais de l'asthme, j'ai pas ma Ventoline sur moi.

– Euh ! t'es gentille Emma, mais j'allais te faire la même remarque. Et puis, si tu tends bien l'oreille, moi j'entends plutôt un sifflement. Tout le monde n'a pas la chance d'avoir l'oreille absolue. Ça ressemble en fait à… Emma, derrière toi, attention !

La jeune fille eut à peine le temps de se retourner. Un cobra royal avançait la gueule ouverte vers elle, prêt à lui infliger une morsure mortelle. Bolt sauta immédiatement en direction de l'adversaire, et lui donna un coup de griffe. Mais le serpent l'esquiva de sang-froid. Emma pesta. Elle n'avait même plus son bâton pour se défendre. Il avait été englouti par les eaux du Nil.

C'est alors qu'une musique retentit. Axel venait de dégainer sa flûte et jouait de tout son cœur. Emma reconnut instantanément la chanson qu'elle avait choisie pour sa dernière compétition : *Waka Waka,* de la chanteuse Shakira.

Le reptile s'immobilisa, charmé par la mélodie. Ondulant au rythme de la musique, l'animal semblait hypnotisé.

Emma voulut apporter sa touche personnelle à la performance, malgré l'air suppliant de Bolt. Il ne connaissait que trop bien les prétentions artistiques de sa maîtresse dont il avait tant de fois fait les frais. « ***Oooeeeeeeeeeeeeeeehh, you're a good soldier, choosing your battles, pick yourself up...***[32] » Horrifié par les fausses notes, l'animal disparut rapidement dans un trou entre deux pierres.

32. *« Tu es un bon soldat, tu choisis tes combats, relève-toi. » En anglais.*

– Pas mal hein ? Visiblement, c'est intemporel. En même temps, comment résister à Shakira ? À ses immmmmenses atouts ?

– Merci, souffla Emma à Axel. Sans toi, je pense que j'aurais servi de casse-croûte. Le sort s'acharne contre nous, d'autant que notre destin est entre les mains de Mehdi Kaddour, cet incapable !

– T'exagères un peu, non ? Mine de rien, il a été très utile dans l'aventure. Ses connaissances en hiéroglyphes, sa culture religieuse…

– Tu oublies son côté fayot, sa vantardise, et, pire que tout, sa tête de…

– Hum-Hum…, sa tête de quoi ? Ça m'intéresse.

Mehdi venait d'apparaître au dessus d'eux.

– Décidément, les absents ont toujours tort. C'est dommage, j'avais comme qui dirait retrouvé Imhotep. Et je voulais vous filer un coup de main. Mais visiblement, vous vous débrouillez très bien sans moi.

– Eh bien ! dites donc, entre vous ça n'a pas l'air d'être le grand amour.

Imhotep venait d'apparaître à son tour.

– Vous voulez régler vos histoires d'abord, ou on vous sort de ce piège ? Il fonctionne à merveille, un petit bijou de mécanique. De quoi dissuader les pillards les plus tenaces. Allez, ne bougez pas, je vais vous sortir de là. Ma pyramide n'a pas de secrets pour moi.

Il déplaça un énorme bloc de pierre. Derrière celui-ci se dissimulait une corde. Une fois hissés hors du piège, les adolescents purent souffler.

– J'ai vraiment cru qu'on allait y rester, déclara Axel. Merci Mehdi, sans toi, on allait terminer comme notre ami le squelette. On te doit une fière chandelle.

– De rien. Ça prouve, j'espère, que j'ai toute ma place dans l'aventure, hein Parson ?

– Oui, oui, bah ! on verra ça plus tard, hein ! T'auras les félicitations du jury quand on sera rentrés à la maison.

Sur le chemin du retour, Bolt se pavanait en tête du peloton, la truffe fière. S'ils étaient tous encore en vie, c'était bien grâce à lui. Sa détermination, sa bravoure, son flair leur avaient ouvert les voies de la victoire. Mais il resterait humble, tel un grand seigneur. Que les enfants ne le remercient pas, quoi de plus naturel ! Les lauriers de la gloire, très peu pour lui.

– Ça y est, nous y sommes presque, annonça Imhotep.

Au bout du tunnel, ils pouvaient apercevoir la lumière du jour… Ils sortirent les uns après les autres, fiers d'avoir réussi leur mission. IANA allait bien être obligée de reconnaître leurs talents.

Lorsque leurs pieds touchèrent le sable, un immense soulagement les envahit. Des sourires s'échangèrent entre les adolescents. Hélas, le répit fut de courte durée :

– Plus un geste ou je vous transperce !

Rottwangiris et Anti venaient de surgir. Le balafré tenait dans ses mains un arc, la flèche pointée vers le cœur d'Imhotep. Axel était comme pétrifié. Emma retenait sa respiration, l'heure était grave. Mehdi tentait bien de trouver une solution, mais impossible de réfléchir, la peur paralysait son cerveau. Bolt aboyait de moins en moins fort, car il sentait que la situation tournait au vinaigre. Il se plaça néanmoins devant Emma, pour la protéger.

– Encore toi, abject personnage? tonna Imhotep à l'adresse de Rottwangiris. Toute trace d'humanité a donc disparu de ton cœur? Qu'Horus et Isis te viennent en aide, tu as sombré dans la folie et la haine.

– Tais-toi donc, architecte de malheur! Je vais vous écraser toi et ces garnements, comme de vulgaires cafards.

– Laisse ces enfants tranquilles, ils ne sont que pureté et innocence. Les dieux ne te laisseront pas commettre un tel sacrilège.

– Ah oui? En es-tu si sûr? Anti, dirige ta flèche sur l'un des mioches. Tiens, au hasard, la jeune fille. Voyons voir si les dieux sont de leur côté.

Le bras d'Anti se dirigea lentement vers Emma. Elle s'agenouilla, mit ses mains sur les yeux de Bolt, ferma les siens et pria pour que ce fut bref.

– Par Amon-Rê, baisse ton arc IMMÉDIATEMENT! Djéser, pharaon des Deux-Terres, te l'ordonne!

Emma rouvrit les yeux. Sur les hauteurs du chantier, l'armée du pharaon venait d'apparaître. Elle vit une centaine de soldats en armes, postés sur les échafaudages; leurs flèches et leurs lances pointées sur Anti et Rottwangiris.

Adjib surgit et fit un clin d'œil aux adolescents, le papyrus griffonné par Mehdi entre les mains. Ils acclamèrent de concert le jeune garçon. Bolt se joignit à eux, en aboyant joyeusement. Le plan avait marché: Djéser avait aussitôt annulé la chasse et mobilisé ses hommes pour partir au secours d'Imhotep. Adjib se jeta dans les bras de son père.

– Ô Pharaon, taureau puissant, fils des dieux et protecteur de l'Égypte Éternelle, pitié, supplia Anti. Épargnez ma vie. Il jeta son arc et s'accroupit en signe de soumission.

– Sale traître! maugréa Rottwangiris.

Puis, à l'adresse de Djéser:

– Tu as gagné, Pharaon, mais tu perdras ton architecte.

Le maléfique vizir sortit de sa robe une lame qui brillait au soleil. Avec la force du désespoir, il la jeta de toutes ses forces en direction d'Imhotep. Mais Adjib avait anticipé son geste. Il se mit devant son père pour le protéger, offrant son corps comme bouclier. La lame toucha Adjib à la tête, qui s'effondra au sol. Les enfants virent le sable jaune se teinter de rouge…

Chapitre 12

Le banquet des adieux

– Adjib !

Imhotep prit son fils dans ses bras, le visage défait. Adjib ne donnait plus signe de vie. Le sang recouvrait le visage de l'enfant. La lame, rougie, reposait à ses pieds.

– Oh ! mon fils, mon enfant, la chair de ma chair ! S'il te plaît, réponds-moi, donne-moi un signe de vie. Horus, je t'en supplie, ramène le souffle de la vie dans son cœur, je ne pourrai pas vivre avec une telle douleur.

Les adolescents regardaient la scène, le cœur serré. Adjib ne bougeait pas. Serait-il… ? Gardant son sang-froid, Bolt couvrit le visage de l'enfant de grands coups de langue. Et…

– Dis donc, Emma, je l'aime bien ton chien. Mais il a vraiment une haleine de chameau !

C'est Adjib qui venait de prononcer ces mots et avait ouvert les yeux.

Le jeune Égyptien était en vie ! La lame avait entaillé le cuir chevelu, ce qui avait provoqué l'effusion de sang, heureusement superficielle. Bolt, lui, boudait. Une haleine de chameau ? La prochaine fois, je le réveillerai avec une technique moins glamour. Goujat, va !

Adjib chuchota à l'oreille de son père :

– Maman et moi te pensions disparu à tout jamais. Elle est morte d'inquiétude. J'ai hâte que nous soyons tous les trois réunis. Elle est comme Isis à la recherche de son mari Osiris.

– Je n'ai cessé de penser à vous dans ce sarcophage. Tu sais, mon fils, c'est grâce à ta mère et à toi que j'ai pu survivre.

– Oui, mais c'est aussi grâce à nous que…, commença Mehdi avant qu'Emma lui assène un coup de coude dans les côtes.

– Tais-toi. Comme on dit, la parole est d'argent, mais le silence est d'or.

∞ ∞ ∞

Pharaon avait décidé d'organiser un banquet le soir même pour remercier les dieux d'avoir épargné Imhotep. Averti du rôle des adolescents dans ce sauvetage miraculeux, Djéser avait ordonné à ses meilleurs soldats de les escorter jusqu'à son palais royal.

Une fois arrivés, les enfants furent conduits dans ses appartements privés. Enfin, ils avaient pu s'accorder un peu de répit. On leur avait fourni des vêtements de lin royal, de la myrrhe pour se parfumer, de l'huile pour embellir la peau. Autour d'eux, des serviteurs s'affairaient pour parfaire leur coiffure et leur maquillage.

– C'est IANA qui va se moquer de nous quand elle va nous voir attifés comme ça, blagua Axel.

– En tout cas, elle ne devrait plus tarder. Nous avons brillamment réussi notre mission, dit Mehdi.

Le banquet se tenait dans un des patios du somptueux palais de Pharaon. Les festivités débutèrent au coucher du soleil. Les plats servis étaient grandioses : des canards, des cailles, et même des gazelles grillées. Des pains fourrés de miel, de dattes ou de raisins secs garnissaient les tables.

Les convives étaient installés sur de grandes chaises et se servaient dans les plats. Des esclaves passaient entre les tables pour présenter des rince-doigts aux invités. Certains notables buvaient de la bière ou du vin de palme.

Mehdi goûtait avec gourmandise chaque mets… soi-disant pour prendre des notes sur la gastronomie égyptienne. Bolt était aux anges : languissamment étendu sur une natte, il goûtait un repos bien mérité. On agitait au-dessus de lui une feuille de palmier pour l'éventer.

Sa flûte à la main, Axel s'était mêlé aux musiciens qui accompagnaient ses mélodies avec des harpes et des tam-

bourins. Le corps des danseuses ondulait au rythme des notes. L'une d'entre elles dévorait du regard l'adolescent. Son charme ravageur n'avait décidément pas de frontières temporelles…

Emma observait la scène d'un air amusé quand quelqu'un lui tapota l'épaule. Le maître des crocodiles, la mine réjouie, se tenait devant elle.

– Sobekemsaf, quelle surprise ! Comment va Fayoum ?

– Ah ! je ne vous remercierai jamais assez ! J'ai pu plaider sa cause auprès de Pharaon. Grâce à vous, il a épargné ma Fayoum. Elle est maintenant dans un marécage privé où elle pourra finir tranquillement sa grossesse. Merci ! dit-il en ouvrant grand les bras.

– Euh ! j'en suis ravie, mais excusez-moi, je… je suis attendue, balbutia la jeune fille, fuyant pour éviter une nouvelle accolade étouffante.

La famille d'Adjib venait d'arriver au grand complet. Sa mère serra chaleureusement chaque adolescent dans ses bras. Elle leur garantit que sa maison leur serait désormais grande ouverte, en toutes circonstances.

Djéser se leva et prit la parole, invitant Imhotep à s'approcher :

– Quelle joie de te retrouver, mon fidèle ami. J'ai prié les dieux pour te revoir vivant. Je te croyais disparu à jamais. Mon esprit a été troublé par la langue de vipère de ce maudit Rottwangiris : c'est lui qui m'avait conseillé d'arrêter le chantier. Mais tout ceci appartient au passé ; il croupit maintenant au fond du cachot le plus sombre de ma prison. J'aimerais te récompenser pour tes loyaux services. Ton travail est de grande qualité, et ta fidélité sans faille. Tu serais un atout de taille pour m'aider à diriger ce royaume. Accepterais-tu de devenir mon nouveau vizir ?

– Merci mon maître, dit Imhotep. Votre proposition me fait honneur et je l'accepte avec humilité. Puisse Thôt me guider dans cette mission. Ma première tâche sera de finir la pyramide, pour vous assurer un passage serein vers l'au-delà. La construction reprendra dès demain à l'aube.

Mehdi, Axel et Emma se regardèrent, un sourire aux lèvres. L'ordre du temps venait d'être rétabli. Grâce à eux, le chantier allait reprendre. Un nouveau type de pyramides apparaîtrait alors, qui engendrerait plus tard la première merveille du monde : la pyramide de Khéops.

Soudain, un éclair transperça le ciel.

– Par Rê, un orage se prépare ! s'exclama Adjib en contemplant le ciel. Mais c'est étrange, il n'y a pas un seul nuage.

Effectivement, seules scintillaient dans le ciel les étoiles de la nuit égyptienne. Les trois adolescents commençaient à comprendre que quelque chose se tramait…

– Regardez autour de vous, murmura Mehdi, il y a quelque chose qui cloche…

La réalité autour d'eux semblait frappée d'un sortilège. Tout paraissait fonctionner au ralenti ; comme s'ils étaient projetés dans une vidéo dont on aurait activé la fonction *slow motion*.

Le joueur de tambourin frappait sur la peau de son instrument avec une lenteur stupéfiante. Les sons produits par le musicien devenaient de plus en plus sourds et distordus.

– C'est IANA, dit Axel, elle arrive, le temps est en train de se figer!

Seul Adjib semblait évoluer encore normalement.

Le jeune Égyptien n'en croyait pas ses yeux:

– Mais que se passe-t-il?

Emma lui expliqua, d'une voix douce:

– Dans quelques secondes, toi aussi tu vas bouger de moins en moins vite jusqu'à devenir immobile.

– Mais quel genre de magiciens êtes-vous? Vous avez été envoyés par les dieux pour sauver mon père?

Emma lui prit la main:

– Ce serait trop long à t'expliquer. Ce qui est sûr, c'est que nous aurons disparu quand tu reprendras tes esprits. Il est temps de nous dire adieu.

Abasourdi, Adjib restait sans voix; il n'avait pas le cœur à quitter ses nouveaux amis.

– Vous avez sauvé la vie de mon père. Qui que vous soyez, je ne vous oublierai jamais. J'ai à nouveau auprès de moi les deux êtres qui me sont les plus chers au monde.

Puis, les larmes aux yeux, il s'approcha d'Axel. Il décrocha le petit pendentif en forme de scarabée qu'il portait autour du cou et le tendit au jeune adolescent.

– C'est pour toi, pour que tu te souviennes toujours de moi.

Axel, ému, serra le jeune garçon dans ses bras. Son petit frère égyptien… Lorsqu'il desserra son étreinte, Adjib se figea en un instant.

Bolt se mit à aboyer, la patte dressée vers le ciel : IANA venait d'apparaître, un grand cube fendant l'espace sans un bruit. Elle se posa en douceur sur le sol. La voix numérique de la machine se fit entendre :

– Incroyable, mais vrai. Vous avez réussi. Mon algorithme ne s'était pas trompé. Force est de constater que la courbe du temps a été rétablie grâce à vous… Il est maintenant temps de retrouver votre époque.

Avant de monter à bord, Axel se retourna une dernière fois vers le tableau figé du banquet égyptien. Contemplant Adjib, il demanda tristement :

– Dites, IANA, est-ce qu'ils se souviendront de nous ?

– J'ai bien peur que non. Votre présence sera effacée à tout jamais des esprits. Vous seuls conserverez la mémoire de vos aventures.

Le sas de la machine s'ouvrit. La boule au ventre, nos héros montèrent à bord. Des émotions contradictoires les habitaient : la fierté d'avoir réussi leur mission, l'impatience de retrouver leurs proches, mais aussi la tristesse de dire adieu à un ami.

Une fois sanglés contre la paroi, ils virent le sablier se matérialiser au centre de l'habitacle. Celui-ci se retourna au bout de quelques secondes. Un flash illumina l'intérieur de IANA. En route pour le XXIe siècle !

Chapitre 13

Inconnue à cette adresse

Un déclic retentit. La lourde porte de la machine s'ouvrit. Un visage familier les accueillit. Le professeur Mamet, un grand sourire vissé au visage, se tenait devant eux à genoux.

– Je m'incline devant vous, les enfants. L'Histoire vous sera éternellement reconnaissante de votre contribution !

– Merci, merci, professeur. Tout le plaisir est pour mo... nous ! dit Mehdi. Ça fait du bien de revenir à la maison !

– Moi, j'ai hâte de revoir ma mère et son ventre arrondi ! Mais surtout ma guitare. J'ai une chanson à écrire : « Zombie Pyramide !! » s'exclama Axel.

– Et moi, mon lit, mon cheval d'arçon, et... mes parents quand même, dit Emma.

Bolt aboya. En langage chien, cela voulait dire :

– Et moi mon panier. Et mes gamelles-télé devant *Secrets d'histoire*. Mais le professeur Mamet doucha leur enthousiasme.

– Je vous en conjure, ne baissez pas votre garde. Une menace pèse encore peut-être sur vos têtes.

Emma n'était pas sûre de le suivre :

– Mais on a réussi notre mission, le cours du temps a été rétabli. Il ne peut plus rien nous arriver.

– Je me méfie comme de la peste de ce diable de Rottwang. Qui sait ? Peut-être a-t-il encore un coup d'avance sur nous ? La moindre incohérence, la moindre étrangeté dans votre quotidien doit vous alerter.

Mais Mamet parlait dans le vent. Les trois ados étaient trop contents de retrouver leur époque et ne l'écoutaient plus. Après avoir salué rapidement M. Mamet et IANA, ils sortirent des sous-sols du collège.

Cap sur la maison ! Ils marchèrent quelques minutes ensemble, devancés par Bolt. Le silence régnait dans le groupe. Chacun repensait aux aventures extraordinaires qu'ils venaient de vivre. Tout cela leur semblait irréel. Pourtant, le scarabée d'Adjib autour du cou d'Axel prouvait qu'ils n'avaient pas rêvé.

Le jeune garçon savourait leur victoire :

– Eh ! vous avez entendu Mamet tout à l'heure : « Je m'incline devant vous. » On l'a impressionné, le vieux. Finalement, on forme une bonne équipe tous les trois !

Emma et Mehdi grommelèrent un « Mouais, on se débrouille pas mal ». Manifestement, tous les deux n'étaient pas encore prêts à se lancer des fleurs aussi facilement.

Arrivés devant la station de métro Pyrénées, Mehdi fut le premier à quitter ses compagnons.

– Check! Axel frappa sa main dans celle de Mehdi. Il le remercia encore : sans son savoir digne d'Einstein, il croupirait dans le piège de la pyramide. Mehdi accepta le compliment. Il lui était décidément moins antipathique, cet Axel Verdier.

Puis vint le tour d'Emma. Les deux se jaugèrent du regard, ne sachant quelle attitude adopter. La jeune fille brisa la glace.

– Bon... Rentre bien, dit Emma d'une voix hésitante.

– Fais attention à toi, balbutia Mehdi.

– Comme si tu t'en souciais...

– C'est pas faux, dit-il en souriant. Je suis un garçon bien élevé.

– À lundi, conclut Emma. Hélas...

Axel regardait la scène, l'air amusé, son casque sur une oreille. Alors que Mehdi s'engouffrait dans une bouche de métro, Axel proposa à Emma de la raccompagner. Mais cette dernière préférait d'abord passer au cimetière. Pour s'assurer que tout était rentré dans l'ordre du côté de la tombe de son grand-père. Le duo se sépara en se faisant la bise.

∞ ∞ ∞

Mehdi s'assit sur un strapontin de la ligne 11. Des visions du Nil et de la pyramide défilaient dans son esprit. En fait, il venait de vivre un « truc de fou » ! Je vais en rêver toute ma vie, se réjouissait-il. Je suis le **Howard Carter**[33] des temps modernes.

Arrivé en bas de sa tour, il franchit le hall d'entrée et prit l'ascenseur. Une vague d'émotion le submergea lorsqu'il mit sa clé dans la serrure. Ce geste quotidien, presque banal, prenait un autre sens : à peu de chose près, il avait bien failli ne jamais le refaire. Tout s'était joué à… une dent de crocodile.

– SALUT L'INTELLO !!!!!! hurla sa sœur.

Sous le coup de la surprise, Mehdi couina :

– IIIIIIIIIIIIIHHHHHHH !

– Pfff, oh ! le cri, une vraie chochotte ! Quand est-ce que tu vas devenir un homme ? plaisanta Lila.

Au lieu de lui lancer une pique en retour sur la couleur de ses cheveux, celui-ci venait de l'enlacer et la serrait à lui faire craquer les vertèbres :

– Tu m'as manqué, nunuche. Tu comprendras plus tard. Ou pas…

Leur mère, qui venait d'apparaître, regardait la scène, stupéfaite.

∞ ∞ ∞

33. ***Howard Carter*** *(1874-1939) est un archéologue et égyptologue britannique. Il est mondialement connu pour avoir découvert la tombe de Toutankhamon en 1922.*

Axel, quant à lui, dévalait la rue de Belleville sur son skate. Après avoir fait crisser les roulettes de sa planche, frôlé une vieille dame, « **grindé**[34] » sur des rambardes, il sonna à l'interphone de son immeuble. Il avait oublié ses clefs. Une voix familière lui lança d'un ton moqueur :

– Oui... Que puis-je pour vous ?

– Maman !!!! Ouvre, c'est moi !

– Par « moi », vous entendez cet étourdi qui a oublié trois fois ses clefs cette semaine ?

– Rho, ça va, tu vas pas me laisser dehors quand même.

– Allez entre, fripouille...

BZZZ. Les bandes magnétiques de la porte blindée se détachèrent. Une fois chez lui, Axel fut accueilli par sa mère.

– Allez quoi, j'oublierai plus, promis..., la journée a été un peu... compliquée, disons.

– Il faut que tu sois plus sérieux, Axel. Comment feras-tu quand tu iras chercher ton petit frère à la crèche et que tu ne pourras pas ouvrir la porte ?

– Eh bah ! je ferai comme d'habitude, je... QUOI ?!!! un petit frère ? Je vais avoir un petit frère ? Pour de vrai ?

– Eh oui ! j'ai passé l'échographie aujourd'hui, c'est un garçon, sourit sa mère.

– Mais c'est génial, c'est la meilleure nouvelle de la journée ! Après un temps de réflexion, il ajouta :

– Et, dis-moi, pour ce petit frère vous avez choisi un prénom avec papa ?

34. *Faire **glisser** son skate.*

– On n'y a pas encore réfléchi. Pourquoi, tu as une préférence ?

– Adjib. Ça veut dire « cœur vaillant » en égyptien.

– Adjib… Ça sonne plutôt bien. On va y réfléchir.

Axel partit dans sa chambre, le sourire aux lèvres. En vérité, cette journée était vraiment parfaite.

∞ ∞ ∞

Emma arrivait devant les grilles du cimetière de la Villette, un bouquet de fleurs à la main. Son visage reprit des couleurs quand elle aperçut les inscriptions sur la pierre tombale :

Ici repose Lucian Parson, résistant face à la barbarie nazie, défenseur infatigable des droits de l'Homme tout au long de sa vie. Londres 1925 - Paris 2015

Dans ses pensées, elle salua son Papi Lulu, en passant sa main sur les lettres dorées, et revint chez elle, le cœur léger.

Devant la grille de l'imposante demeure des Parson, Emma sortit ses clés, sous le regard éteint de Bolt, qui ne pensait qu'à une chose : son canapé et ses croquettes. Vite, le repos du guerrier.

Mais impossible de tourner la clé dans la serrure. Inutile de s'énerver, pensa-t-elle. Elle sonna de toutes ses forces au visiophone, affichant un grand sourire devant la caméra.

Une voix retentit :

– Oui, c'est pour quoi ? Si c'est pour les calendriers des pompiers, j'ai déjà donné.

– Allez maman, c'est pas drôle, y a un problème avec la serrure. Vous l'avez changée ou quoi ?

– Écoutez, mademoiselle, je n'ai pas d'enfants. Vous avez sonné à la mauvaise porte. Partez avant que j'appelle la police.

Emma s'insurgea :

– Non, mais c'est quoi ce délire. Comment ça, la police ?! Pourquoi pas l'armée ? C'est chez moi ici.

– Jeune fille, vous feriez bien d'arrêter cette plaisanterie. Je vis ici depuis plusieurs années maintenant. Alors s'il vous plaît, cessez de m'importuner.

Elle resta sans voix, les mains accrochées à la grille en fer forgé. Sortie sur le perron de la villa, une femme aux cheveux blancs, une canne à la main et un chat dans ses bras, la fixait. Bolt se mit à aboyer. Emma jeta un coup d'œil à la boîte aux lettres. Le nom « madame Marquetty » y était inscrit. Le cœur d'Emma se serra.

– Madame Marquetty ? Mais c'est impossible !! Je m'appelle Emma Parson et j'habite ici depuis que je suis toute petite. Je connais tous les recoins de cette maison. PAPA, MAMAN, VOUS ÊTES OÙ ? s'égosilla Emma d'une voix paniquée.

Elle sentait ses jambes se dérober sous elle. La vieille dame sembla s'adoucir à la vue de cette jeune fille en détresse. Elle avait l'air sincère et si apeurée. Il y avait forcément une explication.

Elle la fit rentrer chez elle et partit lui préparer un bol de chocolat chaud. Emma en profita pour aller sur l'ordinateur de la propriétaire. Le compte Facebook de ses parents la rassura dans un premier temps. Ils existaient toujours. Mais plusieurs hics apparurent :

Ils n'avaient jamais eu d'enfant.
Ils vivaient en Angleterre.
Comme dirait sa mère face à son bulletin :
What the hell is that ?[35]

Lorsque Mme Marquetty revint un bol fumant à la main, elle trouva un siège vide. Mais qu'est-ce que… ? De la fenêtre, elle vit l'adolescente franchir la grille avec une agilité déconcertante, son chien sur le dos et son portable collé à l'oreille :

– Allo, monsieur Mamet ?! Convoquez Axel et Mehdi de toute urgence. Il y a un énorme problème. JE N'EXISTE PAS DANS CE MONDE !

35. *« C'est quoi ce bazar. » En anglais.*

MÉDITERRANÉE
Alexandrie
Gizeh
Saqqarah
Memphis
BASSE-ÉGYPTE
HAUTE-ÉGYPTE
Nil
MER ROUGE
Karnak
La vallée des Rois
Thèbes
Louqsor
Nil
200 km

Le Nil, fleuve fertile

Le Nil est l'un des deux plus longs fleuves du monde et l'unique fleuve de **l'Égypte**. Il est issu de la rencontre du Nil Blanc et du Nil Bleu et traverse la moitié nord de l'Afrique pour finalement se jeter dans la Méditerranée.

En Égypte antique, chaque année au cœur de l'été, le fleuve est en **crue** et ressemble davantage à un lac. De fait, les villages sont toujours construits sur les hauteurs environnantes. Cette crue est une bénédiction car, lorsqu'elle redescend, elle laisse sur les terres de la vallée une boue de couleur noire très fertile : **le limon**, qui permet des récoltes abondantes. Cependant, si la crue est trop forte, il y a un risque d'inondations et si la crue est trop faible, c'est la famine assurée.

Le Nil est navigable toute l'année, mais de nombreux obstacles – bancs de sable, cataractes, rochers, crocodiles voraces, hippopotames... – en font **un fleuve dangereux**.

Bridgeman Images

Djéser, le Magnifique

Djéser règne en Égypte au IIIe millénaire avant notre ère, durant l'Ancien Empire. La capitale est, à cette époque, la cité de Memphis.

Il est **le pharaon** le plus célèbre de la IIIe dynastie et son nom peut être traduit par « sacré » ou « magnifique ».

Il permet à l'Égypte de devenir un pays riche et puissant, notamment par le renforcement de l'administration et l'élargissement des frontières. Il est à l'origine de la construction de la pyramide à degrés.

Imothep, le Bâtisseur

Imothep, dont le nom signifie « celui qui vient en paix », est un homme aux multiples talents. Il est le plus célèbre **des architectes** de l'Égypte antique : il imagine la pyramide à degrés de Saqqarah et on lui attribue l'utilisation de la pierre de taille à la place de la brique de terre cuite.

Ses fonctions de vizir font de lui le chef de la justice, l'administrateur du palais royal et le « gardien » du pays. Son influence est si importante qu'il sera **divinisé**, en tant que fils du dieu Ptah, le patron des artisans et des architectes.

Bridgeman Images

Les pyramides

Le mot « pyramide » viendrait du grec *pyramis*, qui désignait un petit gâteau à la forme pyramidale.

Avant de reposer dans des pyramides, **les sarcophages** des pharaons étaient placés dans **des mastabas** à la forme rectangulaire. Un puits était creusé à partir du sommet et s'enfonçait dans le sol. C'est là qu'on accédait à la chambre funéraire. Il pouvait y avoir plusieurs puits pour plusieurs chambres.

Pour réaliser le tombeau du pharaon Djéser, Imothep décida d'empiler les uns sur les autres des mastabas de plus en plus petits. **La pyramide à degrés** venait de naître. La pyramide de Saqqarah mesure 62 mètres de haut et compte six mastabas. Elle possède le plus important dédale de souterrains de toutes les pyramides.

Holger Mette / iStock

Chaque pharaon fit ensuite construire sa propre pyramide. Progressivement les pyramides eurent des pentes de plus en plus **lisses**, comme celles de Khéops, sans doute pour symboliser un rayon de soleil.

Pour construire ces édifices, il ne fallait pas moins de 15 ans et des milliers de paysans étaient recrutés. Un système ingénieux de **rampes** permettait, pense-t-on, de hisser les blocs de pierre, qui pesaient parfois plus de deux tonnes.

Les pyramides furent abandonnées après le Moyen Empire, trop difficiles à construire mais surtout trop faciles à piller. Au Nouvel Empire (1500 à 1000 av. J.-C.), c'est **la vallée des Rois**, près de Thèbes, qui accueillit les tombeaux souterrains des pharaons.

La vie après la mort

Les Égyptiens pensaient qu'il y avait une vie après la mort et que le corps des défunts devait donc être préservé. Pour cela, ils eurent recours à **la momification** qui longtemps fut réservée aux personnes les plus importantes du royaume. Les autres morts étaient enterrés dans le désert.

Pour préparer une momie on ôtait et déposait dans **des vases canopes**, le foie, l'estomac, les intestins, les poumons et le cerveau. On ne touchait pas au cœur, car il contenait l'âme du défunt, qui serait confrontée au jugement d'Osiris.

On recouvrait ensuite le corps de sel pendant deux mois pour le dessécher. Puis, on lavait et parfumait le corps, avant de l'enrouler de **bandes de lin** dans lesquelles on glissait **des amulettes** pour protéger le défunt.

De Agostini Picture Library / Bridgeman Images

Une momie était placée dans plusieurs sarcophages emboîtés les uns dans les autres. Avant d'enterrer le défunt, on dessinait des yeux sur le couvercle pour qu'il puisse voir et des portes pour qu'il puisse sortir.

Dans la chambre funéraire, on déposait tout ce dont le mort aurait besoin dans sa nouvelle vie : vêtements, meubles... On gravait également des dessins d'aliments sur les murs de la chambre.

Bruno Bernier / Fotolia

Dans le tome suivant...

Alors que le principal Rottwang a de nouveau déréglé le cours de l'Histoire, Emma, Mehdi et Axel sont propulsés une nouvelle fois dans le passé !

Retrouve-les dans la Grèce antique, lors des Jeux Olympiques, et suis leurs aventures pour sauver le célèbre Periclès !

Parution juin 2016.

Guido Alberto Rossi/AGF Foto/Photononstop

oh ! Pénélope

Elle fait de chaque jour une nouvelle aventure et croque la vie à pleines dents !

Je m'appelle Pénélope, j'ai 11 ans, une famille marrante, deux super copines et un amoureux (je craque grave pour mon Artus). Mais la vie n'est pas toujours rose ni le ciel toujours bleu. Il y a aussi des jours sombres...

PAR MOKA
L'AUTEUR DU
BEST-SELLER LES
kinra girls

Illustrations : Nancy Peña - 168 pages

Nous tenons à remercier pour leur contribution à cet ouvrage: M. Baudry, J.-L. Broust, G. Burrus, A. Deglane, E. Duval, D. Guéchot, L. Hélaine, L. Maj, K. Marigliano, A.-L. Morin, C. Onnen, M. Seger, E. Serrero-Després, M.-F. Wolfsperger.

ISBN: 9782809655094
Dépôt légal: mars 2016
Imprimé en Bosnie-Herzégovine

FSC www.fsc.org MIXTE Papier issu de sources responsables FSC® C110418

Loi n° 49-956 du 16 juillet 1949
sur les publications destinées à la jeunesse.